慢慢慢慢／愛

雪倫——著

Chapter 1

In the past……

臉友克萊兒：

赫拉姊姊，我現在眞的好崩潰，爲什麼男人這麼犯賤？女友乖乖的，就換他在癢是不是？當初我們在夜店認識，他說喜歡我會玩，他說我這樣看起來很性感，後來交往了，結果他叫要我乖乖的，不要再去夜店，不喜歡女友太愛玩，到底在講三小？好，我愛他，所以收山不玩了，結果，他現在給我劈腿上個月在夜店認識的新妹，還跟我說，我是永遠的正宮，他只會在外面玩玩。我眞的好想殺了他！幹！

Dear 克萊兒：

如果殺人沒罪，我馬上快遞三把刀給妳，這種渣男行爲絕對欠殺，可是殺人要判刑啊！爲了這種垃圾被抓去關，甚至要髒了自己的手，我覺得超不划算，他說的那些幹話，我們不記在海馬體裡面，不用傳去長期記憶區，眞的浪費腦容量。分手吧，別讓渣男誤了妳的一生！他以爲自己是皇帝？想要擁有一座後宮？先問看看他家有沒有大到能有一片後院再說好嗎？

拜託，女人要有志氣，一段感情裡面，不要只當正宮，而是要當唯一！

當然啦，如果妳覺得他眞的只會在外面玩玩，而妳最後也能接受，等待浪子回頭的奇蹟，那我剛說的妳就當沒有看到，有人就是不到黃河心不死，我也只能在這裡祝妳不會眞心換絕情，雖然有百分之九十九的機率，我應該會再收到妳訴苦的訊息。

但是親愛的克萊兒，青春眞的很珍貴，浪費在不值得的人身上，會讓妳後悔一輩子！

的確，人生走過的路都不會白走，但那永遠不包含重蹈覆轍走回頭路。加油！

就在我打完最後一個字，按下送出後，我發現有一股熱氣在我耳旁搔著我的耳朵，想都不用想，我知道是誰，馬上冷冷開口，「吳美櫻走開。」

熱氣瞬間消失，換美櫻的聲音響起，「幹嘛啦，不能看一下喔！」

我闔上電腦，轉頭看著站在我身後，當了我五年助理的她，「不行，不要說一下，一秒也不行，這是讀者的隱私、是她的心情、是她信任我才會跟我說心裡的祕密，妳怎麼可以偷看？缺德！」

美櫻一臉受傷的看著我，好像我說了多麼可怕的話一樣，但她也不想想，從她大學在出版社實習，一直到後來成為我的助理，加起來的時間，比我談了五次戀愛總和還要長，她明明就清楚我的嘴有多賤，早就該百毒不侵了，所以我不懂她現在是在演哪一齣戲，要這麼自取其辱裝可憐。

我沒理她，直接收起筆電。美櫻不甘心的問：「姊，我再問妳一次，我和妳的讀者同時掉進海裡，妳要救誰？」

我真的直接白眼，句點她。

她頭搖到快斷了，接著對我說：「拜託，我根本忙死了，早上還去看妳的新書樣本，超美，質感超好，然後去接妳來電視台的路上，經過一間廟，還看到在發爐，我敢保證，新書絕對大賣發發發，我要獎金！」她說完竟直接給我伸手要。

「妳很閒？」

我沒好氣的往她手上一拍，「哪個月沒給妳獎金？妳省著點花好嗎？以妳的薪水，跟妳同年紀的人早就買房子了，就妳買名牌不手軟！」

「房子用租的就好，我買房子了，以後結婚怎麼辦？就沒人住了！」

「以妳換男友的速度，要結婚也是很難。」雖然我一向跟我的讀者提倡，感覺不對就要快跑，寧可單身，用自由去換取快樂，而不是跟錯的人互相傷害，但美櫻只要確定這個男的還不想結婚，沒打算娶她，她就會馬上分手。

她戀愛，是為了結婚。

所以很理所當然的跟我說：「不多交往一些男人怎麼會知道他是不是妳能嫁的人？除了經濟、長相、個性以外，性能力也十分重要，還有兩人相處的默契、心動的感覺……這不是妳上兩本書寫的嗎？身為妳的死忠讀者加助理，怎麼可以不好好身體力行？」

我現在是打我自己的臉了？

「妳試的額度，比妳在 Costco 試吃還凶，現在十二月了，來，我們就來算算妳今年換的男友數量，有沒有超過十個？」

「妳是說有加純打砲的，還是沒有？」美櫻比畫著手指，一臉算不出來，疑惑的問著我。

我真的又羨慕又嫉妒，這難道是二十八歲女人才能有的霸氣嗎？

「沒有含純打砲的話……是八個。」

我驚呼，「怎麼可能那麼少？妳最近沒換嗎？還是那個小健健嗎？」

她難過的看著我，「妳能不能多關心我？小健健早就是前男友了，現在跟我在一起的是保羅，已經三個月了，還沒有分手！我真的很有可能嫁給他，我每天和他講電話都不膩，而且我們每次上床，他花招都好多，我真的好喜歡……」

我馬上打斷癡笑的她，「我對妳的性生活沒有興趣！」但她還是硬要跟我分享。

老實說，已經單身三年的我，早就不知道性生活到底長什麼樣子了，我也知道我的生活就是這麼枯燥乏味，除了工作就是工作。

我也不是不想談戀愛，但就是沒有遇到想談戀愛的對象，每次覺得我陰陽失調到人生沒意義時，我唯一能做的，就是打開我的存摺，看著上頭的數字，得到一些安慰。

至少，錢不會背叛我；至少，我努力一點，錢就在我身邊。

所以我常常告訴粉絲們，女人可以沒有男人，但不能沒有錢，有錢偶爾還能去做點自己喜歡的事，喝酒、shopping、旅行、上課、做醫美，買不到愛情，至少還能買點收藏品，即便街上我覺得不錯的男人都是別人的，但至少我喜歡的畫和藝術品都是我的。

全天下最可憐的女人是，沒男人又沒錢。

每當我這樣說服自己的時候，美櫻都會用一種「可憐吶」的眼神看我，然後搖搖頭，輕嘆一聲說：「姊，妳怎麼有辦法三年不打砲？妳怎麼可以忍得住？不要太依賴我送妳的按摩棒好嗎？雖然自己來有不同的樂趣，但是，最棒的還是男人的體溫跟體香啊！」

她越說越激動，聲音大到隔壁休息室都會聽到，我連忙摀住她的嘴，「妳冷靜好不好？要不要我去跟主持人借麥克風？讓妳向大家宣布我三年沒有性生活？」

美櫻眼神歉疚的看著我，我這才沒好氣的放開她的嘴，她尷尬笑笑，「對不起啦，我就是為妳抱不平嘛，妳漂亮又有才華，怎麼會三年沒人追……」她說到一半，突然自己做了個結論，「所以女人是不是不要太聰明比較好？像我這樣傻傻的，男人運好一點……」

她說的沒錯，可她是真的傻，但我不是。

當然也可以學著裝傻裝可愛，可是我都四十一歲了，我怕我裝傻看起來不是可愛，是可悲跟可恨了。

我深吸口氣，不想輸的回應：「不挑自然就有男人運。」

說真的，有時候，美櫻讓我看她男友照片的時候，我偶爾會懷疑自己看錯什麼，不得不讚嘆美櫻看男人的眼光，奇特到我覺得莫名其妙。

好比，「我喜歡他身上的汗味，很man！」「妳不覺得他的鎖骨很性感嗎？」「天啊，他的指關節好帥！」「我超愛他的O型腿！」「妳知道他居然會邊做愛邊背長恨歌，我在他身上順便上了一課……」我都聽到頭痛。

她抗議著反駁我的話，「姊，妳說的好像我很隨便一樣。」

「是不至於隨便，該分手的時候，妳也是會分，只能說妳是隨心所欲？」

美櫻歪了一下頭，眼神不解的反問：「這是稱讚嗎？」

「妳覺得是就是囉，凡事怎麼定義，不都是自己決定嗎？」我給她一個微笑。

她點了點頭，好像能理解又好像不能，這就是吳美櫻，每次看到她在我身邊工作，就覺得我自己在積福德，以她這種天兵個性，做事風格又極端的人，要不是回去吃自己，就是找不到工作。

對！就是一樣的下場。

突然休息室門外傳來呼喚，「赫拉老師，要錄影囉！」

「好的。」我朝著外頭喊，然後起身，確定自己妝沒花後，轉身對著還在試圖理解的美櫻說：「好了，回神，要工作了！」美櫻這才像被催眠的人回到現實一樣，驚慌的問：「要錄影了嗎？什麼時候？」

我笑笑回她，「Now。」

剛開始合作的時候，我會翻白眼、我會生氣、我會吼她，「吳美櫻！妳能不能在狀況內？」但後來發現沒用，她就是風格如此一致，人不能貪心，當初我就是看在她沒有心機，一根腸子通到底的個性，才從出版社挖角她來我身邊，那時總編還問我：「妳確定嗎？我們社內還有更好的人選……」

我超帥氣的跟她說：「不用！」

那時，我以為總編看我的眼神是「讚賞」，但其實是「同情」，她最後還補了一句，「那我們不接受退貨喔。」我想說她在開玩笑，沒有，她是認真的！

最後，我所有的苦都化成眼淚、化成風，我告訴自己，若這是上天給我的考驗，我接受、我學習、我適應！

所以，我笑，即便笑裡有淚，我還是笑。

我轉身離開，沒想到一開門，就碰到也要去錄影的江海，他看著我，眼神不以然，接著冷哼一聲，那表情說有多討人厭就有多討人厭。

江海是我這輩子見過最小氣的男人，連捐發票都需要考慮五分鐘，出去吃飯喝飲料，一定要算到尾數，他身上有個小錢包，裝了一堆零錢，完全不用擔心錢找不開，朋友生日或客戶請吃飯，會看聚會場地來決定送禮的金額，海產攤就豪氣說我送一打啤酒，高級法式餐廳會說我帶了一瓶紅酒——家樂福買的，永遠不會超過五百塊。

為什麼我會這麼清楚，因為我可能四年多前被鬼附身，兩人錄節目認識，他開始追求我，我不小心暈船了。

那時他還是個健身教練，一支引體上向三百次的影片爆紅後，因為長得帥身材又好，頓時成為不少怨婦、少婦、大齡女子的流口水對象，開始受邀上節目。經紀公司為他塑造了暖男、呆萌、有禮的形象，上遊戲節目會保護女生，又不會吃豆腐，這種人設男女通吃，各大社群網站上對他都是一片好評。

但真正交往後才知道，他嫉妒心強，又愛在背後道人長短，當紅、有人氣的ＫＯＬ無一倖免，都被他罵過。我試著提醒他，做好自己比較重要，但他仍覺得這些點閱率幾百萬的人，又沒有他帥，不懂觀眾腦子是出了什麼事。

批評別人我也懶得理他，但他居然連我的工作也要管，老是對我寫的東西、我說的話指手畫腳，這就踩到我的地雷。

每次點燃我大火的都是那一句，「妳可不可以不要那麼大女人主義？」

哈囉？什麼叫大女人主義？不就是想過過自己生活、保有自己原則，這樣叫大女人？當我這樣回他之後，他就會說：「我是為了我們的將來著想，我爸媽如果知道他們未來媳婦個性這麼強，可能會不贊成。」

既然他這麼為難，而我也不會改，那麼早點分手好了。幸好當初說好了要祕密戀愛，所以完全沒有公開。必須說這真是我人生中做得最對的決定，我至今都還佩服當時的自己，雖然暈船了，但並沒有失去理智。

但他大哥呢，不能接受是我先提分手，整整來我家鬧了一個星期，一直到我跟他說，他所有失態的行為都被我家大樓的監視器錄下來了，如果他再繼續騷擾我，我就會公開，他這才收斂，然後還是繼續傳訊息來罵我婊子。對，沒錯，就是這麼難聽的婊子。

雖然事後還說，他只是喝醉了，但無論如何，「婊子」兩個字還是從他嘴裡說出來了。

分手後沒多久，他很快就再交到女朋友，對方是比我年輕十歲、開朗活潑、甜美性感、小有名氣的模特兒 Emily。他一定很後悔，為什麼要花時間在我這個老女人身上？他們兩人愛得轟轟烈烈，幾乎是以連載的方式傳訊息給我，好像希望能看到我痛哭流涕求他回來一樣，甚至還時不時傳訊息給我，「帶 Emily 去我們去過的汽車旅館，妳應該不會生氣吧？」

我是覺得，如果我截圖傳給他現任女友，她才會生氣。

知道他的幼稚，我也懶得理他，各自安好，就是分手後最好的祝福。不過，顯然我的祝福不夠真心，他很快就遇到麻煩。

因為戀情不小心曝光，女粉絲瞬間少了一半，置入、業配量也大跌。其實這也是我當初執意不公開的原因，最主要就是為了他的工作，我也是女人，我也迷戀過偶像，當初我說要嫁給謝霆鋒，可是後來他跟王菲在一起，他對我來說就是個負心漢了。這就是對偶像的愛，可以很瘋狂，也很短很淺。

沒多久，新聞又傳出 Emily 劈腿。

江海頓時綠光罩頂，但經紀公司反應迅速，繼續保持江海善良的暖男形象，利用這一波炒作，狠狠搶回好幾個代言，賺了一波。Emily 出來揭露江海的小氣及人前不一，所以無法走下去，但沒有人相信，除了我。

但無論如何，劈腿就是錯的。

只能說 Emily 沒整理乾淨就有了新戀情，就是她的問題，沒有人會在乎她在那段感情裡面受了多少委屈。都是這樣的，公眾人物就是吃飯時的聊天話題，大家罵罵、笑笑、說說、酸酸就結束了，好像公眾人物就該被如此對待，一種理所當然被允許的尖酸刻薄。

最後 Emily 就被消失了，偶爾開開直播唱歌給大家聽，我就會讓美櫻用小帳去抖內她，畢竟生活真的很難。

所以，我真的覺得江海很噁心，一起上節目時，我都要克制自己，不要翻白眼，也不要一時衝動就說出心裡的話。

偏偏他就是想惹我，當作陌生人經過不就好了，是在哼什麼哼？鼻竇炎要去看醫生啊！

我真的不想理他，當沒看到人，直接走去攝影棚，開始錄「男女大不同」的節目，看著他對主持人鞠躬哈腰、各種客氣傻笑的樣子，我真的忍不住嘔了一聲，太忘情了，美櫻連忙戳我一下，凶狠的瞪著我，要我克制，我只好不去看那噁心的畫面。

很快就開始錄影了，今日主題是：「男女朋友出去吃飯、旅行，到底該不該ＡＡ制？」

我說：「當然應該啊，不只是錢方面的ＡＡ制，而是生活、相處上都要，比如今天餐廳我找時間挑選，那你就要花時間訂位。出去玩的話，你排行程我訂飯店，而不是只專注在吃一頓飯七百三十九元，一個人三百六十九點五元，收對方錢的時候，就要四捨五入，付對方錢，就要無條件捨去，跟這樣的男人交往，太累了。」

語畢，我直接看向江海，看到他額頭上冒出青筋。他一定恨不得打死我，怎麼辦？但我看他這樣，只覺得心裡好開心。

站在攝影機後面的美櫻，不停對我擠眉弄眼，要我冷靜，我只好收回看著江海的眼神，努力不要挑釁他，但他居然大言不慚的說：「我同意赫拉的說法，我是覺得，出去吃飯，都是小錢，由男人付是應該的！但如果另一半怕我出太多，偷偷跑去結帳的話，我會覺得滿可愛的。不過，男人還是享受照顧女人的感覺，只要對方可以開心，我就會開心。」

「哇，阿海真的是好男人耶，難怪婆媽粉一堆。我妹妹未婚，你要不要考慮一下？」Gigi姊一臉欣賞的稱讚著他。

江海露出無害的眼神，搔搔頭說：「還是先不要好了。」

另一個男來賓開玩笑說：「一朝被蛇咬，十年怕草繩。被劈一次嚇一輩子！所以你看，選對女朋友多重要，好的女友讓你每天在天堂，不好的女朋友讓你永遠只敢住單人房。」

瞬間，攝影棚裡都是笑聲。

可我只覺得有夠難笑，為什麼大家都笑得出來？

江海搖搖頭，「沒有啦，目前不想交女友，是想把注意力放在所有海星們的身上，有她們陪我就夠了，跟 Emily 沒關係啦……」海星是他的粉絲代稱，但這不是重點。

重點是他要不要臉？還好意思自己出來 cue？

跟 Emily 分手後，他明明女友一個換過一個，只是沒有公開而已，小道消息都不知道傳到哪裡去了，現在還要當個受創太深的被害者，繼續消費已經分手快三年的女朋友，我真的是聽不下去！

「當然跟 Emily 無關啊，分手都那麼久了，如果還沒有走出來，我建議你去接受心理諮商，我的心理師很不錯，有需要可以幫你介紹。」我一說完就看到江海皮笑肉不笑的看著我，Gigi 姊則是驚呼一聲後問我：「赫拉有在接受諮商啊？」

「之前有，我被前男友的小氣嚇到，分手後他不甘心，又繼續來我家鬧，雖然最後他沒有再出現，但那陣子我每天都過得膽顫心驚，睡得不好，就直接去接受治療了，所以今天談這個話題，我真的好有共感。」

「妳前男友是怎樣小氣啊?」Gigi 姊好奇追問。

「一杯珍奶特價四十一元，連一元都要收到底的那種男人。」

我一說完，眾人驚呼，Gigi 姊不敢置信的問：「一元也要收?」

「對，如果當下沒有零錢，他隔天也不會忘記跟你要。如果是我先付，他身上沒現金，他轉帳給我，還會扣掉十五塊的手續費。」我看著大家瞪大眼睛，繼續說著，「重點是，他還時常大言不慚的說自己對女友有多大方!」

「天啊，我第一次看到這麼摳的男人耶。」Gigi 姊一臉「讚嘆」，另一位男來賓也說：「男人這樣就誇張了，還好妳分手了。」

「而且我永遠都不會忘記，我們出去玩，我月經來了，他幫我買衛生棉七十九塊，我說等等再給他，他還說一手交錢一手交貨。我很怕經血漏出來，直接搶過衛生棉就先去換，結果他衝進廁所拍我門，要我記得給他錢。我換好衛生棉之後，走出來的第一件事，就是先還他七十九塊，然後跟他提分手。」

「天啊!他好誇張!」Gigi 姊傻眼。

我看向江海，見他咬緊牙關，頭冒冷汗。我看著他說：「江海怎麼不說話?被我前男友嚇到了嗎?」

江海深吸口氣，勉強一笑的附和，「真的滿誇張的。」

「對！我那時候眼睛就是瞎了，還不停的說服自己，每個人的金錢觀不同，他連一元都這麼珍惜，也一定會珍惜我，結果不是，他最珍惜的人是他自己。所以，女人真的不要覺得自己看錯人有什麼不對，誰不會看錯？及時停損才是最重要的，不要讓自己活在地獄裡，還以為有一天會變天堂，沒那件事，地獄就是地獄，早點逃才會早點重生。」

接下來的錄影，江海幾乎沒講什麼話，只有在攝影機沒拍到的時候，狠狠的瞪向我，但我不怕，畢竟我就是被嚇大的。我有靈異體質，可以看到奇怪形體的東西，長大後，才知道原來那就是人家說的鬼，我只能努力裝沒看到。不過後來這幾年，不知道是太忙還是怎樣，我對靈異的感受力變低了，幾乎沒有什麼感應，我還去找師父問事，師父看看我後，摸摸他的雙下巴，輕嘆一聲，「可能是妳嘸那個天命了！」

「喔。」我該覺得惋惜嗎？一點也沒有，沒看到更好。

所以我也是瞪回去，瞪到連主持人跟男來賓都覺得我們似乎不太對勁，快快的結束錄影。一回到休息室，美櫻門都還沒有關上，江海就氣呼呼的衝進來，直接抓著我的手大罵，「妳是故意的是不是？」

「還好你還看得出來我是故意的。」我說。

「妳……」

美櫻連忙上來勸架，試著要拉開江海的手，「有話好說，Gigi 姊的休息室就在隔壁呢……」

但江海沒等美櫻說完，氣瘋的推了她一把。果然是有健身的人，美櫻退了幾步，重心不穩的跌坐在地。

我連忙過去扶起美櫻，氣炸的警告江海，「你平常愛在節目上說什麼，我都可以當作不知道，但你憑什麼再拿 Emily 出來說？你受害者要當到什麼時候？每天都在那裡裝單身，騙你的粉絲，你怎麼好意思啊？」

「妳煽動女人情緒，來維持自己的知名度，妳就多有臉？可憐啊，妳的粉絲也是很可悲又可憐，感情上得不到慰藉，聽妳幾句，就把妳當神，什麼赫拉教主，我呸，信妳者得單身吧！全台灣那麼多女生不想結婚，妳要負上很大的責任，妳這種自己單身還要叫別人跟妳一樣單身的女人，世界不要臉！」

「如果全台灣男人都跟你一樣，當然單身到死啊，我剛錄影還沒說到，我小氣的前男友，分手後還跟我要分手賠償費，連上床費用都列進去了呢！我都放你一條生路了，你還來這裡跟我嗆聲？沒關係，下次錄影我再來提，你就繼續惹我，我也不怕連你名字一起講出來！」

江海整個暴怒，抓起美櫻放在桌上的珍珠奶茶就往我砸過來，幸好我迅速的拉著美櫻閃過，結果珍奶沒有砸在地上，而是砸在剛開門進來的某個工作人員身上。

眾人傻眼，最傻眼的是江海居然一句道歉都沒有，直接走人。坦白說，我最最生氣的不是他，而是我自己，我居然跟這種人交往過？這真的是我人生最大的污點。

我和美櫻兩人同時手忙腳亂，拿溼紙巾、拿衛生紙，四手幫忙聯擦，越擦越髒，明明不是我丟的，但我還是不停的說著對不起，「不好意思、不好意思……」我擦掉黏在他胸前名牌的珍珠，看到他的名字，他叫周紹光，再看他穿著警衛的制服，我馬上搞懂他的身分，他是電視台的警衛周紹光。

我跟警衛們很熟，倒是第一次看到他。

「真的很抱歉，周先生，還好嗎？」

周紹光狼狽的抬頭，眼神凶狠的瞪著我，一句話都不說，把手上提的牛皮紙袋遞給我後，直接轉身離開，每走一步，就有幾顆珍珠掉落。

我真的感到很抱歉，美櫻也是，我們兩人用著可憐的眼神目送走周紹光，美櫻還說：「我以後不要在休息室喝珍奶了。」我點點頭，非常認同她的想法，接著我們趕緊清理地上的珍珠，美櫻又突然抬頭問我：「叫無糖的是不是比較好清？」

是不是欠打？我瞪她一眼，她才打消這個念頭。

整理好地板後，我打開提袋一看，是樓下等候的粉絲送我的禮物。今天錄得比較晚，大廳不讓粉絲等了，所以警衛會幫忙收信和禮物，等我要走的時候再拿給我，不知道為什麼今天會讓人送上來，害他被潑了一身。

我想了想，對著美櫻說：「美櫻，我先去換衣服，妳那裡有紅包袋嗎？」

「要幹嘛？」她好奇問我。

我一臉「這還要問」的表情看她，說了兩個字，「道歉。」

接著我迅速換好衣服，整理完東西，包了紅包，快速的往一樓移動，走到櫃檯卻只看到我的老朋友，「嗨，雄哥，你今天晚班？」

「對啊，錄完啦？」

我點點頭，然後忐忑問他，「你們有個新同事叫周紹光的是嗎？」

「是啊，小周今天是第二天上班。」

「他剛……」

我說到一半，雄哥就替我說了，「他剛才全身都是珍珠奶茶，我問他怎麼回事也不說。我本來是想讓他在下班前，上去給妳送個東西，順便熟悉一下環境，怎麼知道會變這樣？他這人話少，又有點孤僻，我說我衣服給他換，他也不肯，就直接下班了！」

「是我害的……」我坦誠以對。

雄哥不解，「妳怎麼害的啊？」

「說來話長。這一點心意，你幫我交給他好嗎？我得要等下星期才會再來錄影，到時候就晚了。」我把紅包交給雄哥，他很阿沙力的說：「沒問題，包在我身上，過年過節都收妳的禮，這點小忙當然得幫。」

「謝謝雄哥，幫我跟大嫂問好。」我笑笑回應，雄哥帥氣的揮揮手，表示不客氣。接著我和美櫻搭電梯到地下室取車，美櫻看了我一眼，不能接受的說：「又不是妳潑的，那紅包是不是太大包了？」

「畢竟是因為我遭殃。」

「是沒錯，但說真的，那人也滿沒禮貌的，我們都一直道歉了，他理都不理，該不會不知道妳是誰吧？」

我看向美櫻，很認真的跟她說：「吳美櫻，沒有人應該知道我是誰好嗎？不准再說這種話。」

「好啦！」美櫻嘟著嘴，又忍不住補一句，「我是真的很好奇，現在有誰不知道赫拉教主的嗎？最想成為的女人，妳目前票選第一名呢。」

我把東西放到後座，「那又怎樣？那種投票都太不切實際，妳這輩子唯一能成為的就只有妳自己，我小時候照鏡子還以為自己會成為像周慧敏那樣的大美女，是後來磊哥希望我能再漂亮一點，帶我去給他認識的整型醫生看，結果醫生說可能要動不少地方，我才認清了一個人是很難成為別人的事實，墊鼻子跟開眼頭，還不都是磊哥要求的……」

美櫻沒等我說完，把我推進副駕，氣到不行的提醒我，「公司有說妳整型過的事不能曝光，妳還講那麼大聲！」

「又沒人。」

「隔牆有耳。」她義正辭嚴的糾正我，這時候又變聰明了，真的是讓我捉摸不定的人。

美櫻迅速的坐上駕駛座，我們從地下停車場把車開出來，我看著車內的時鐘顯示晚上十二點半，路上人應該不多了，我把車窗降了下來，想吹吹風，電視台附近還有些未開發的空地、比人還高的雜草叢生，突然間，我似乎看到一雙眼睛也在看著我，嚇得我驚呼出聲，連忙將窗戶關上。

美櫻被我的舉動嚇到，「幹嘛，看到鬼喔？」

我撫著激動的胸口點點頭，「好像是……」

美櫻也嚇到了，「不會吧，妳不是很久沒有看到了？」

「對，但剛剛草叢那邊好像有一雙眼睛在看我。」

美櫻突然把車停在路邊，拉起我的手緊握著，「姊，要發了！新書要創紀錄了！妳也聽說過吧，人家錄音室錄到鬼聲，都是要大紅的前兆，妳看妳新書要上市了，就看到鬼，這肯定有第三力量的加持……」

沒等她廢話完，我伸手戳她額頭，「給我開車！」

美櫻這才收斂，繼續開車，我腦海裡回想方才那道銳利的眼神，還心有餘悸，覺得不能就這樣回家睡覺，我一定會失眠，便轉頭對美櫻說：「去老地方。」

美櫻傻眼的看著我，「可以不要嗎？」

「不行。」

美櫻只好哀怨的轉彎，往老地方去。我則趁空檔，開始在車上把提袋裡粉絲的信都讀過一次，拍完所有認證照，傳到我的Instagram和粉專上，接著回應所有留言。如果有用手機鍵盤打字的比賽，我絕對會是前三名。

美櫻趁著停紅燈時，看了我一眼，語重心長的說：「我就說我可以幫妳回留言了，妳這樣太累了。」

「不用，從我辦帳號開始，我就公開表示是沒有小編的人，讓妳幫忙回，不是自打嘴巴嗎？妳可以處理我所有的生活瑣事，但他們不是我的瑣事，我要自己回應他們的心意。」

美櫻突然笑笑的對我說：「說真的，當妳粉絲還滿幸福的，像我啊，從妳寫部落格就愛妳，後來會去出版社工作，也是想說會不會有機會看到作者本人，沒想到最後變成妳的助理，我只能說，我真的沒有喜歡錯人。」

我看著美櫻的笑容，也忍不住微笑，「想趁機談加獎金是嗎？」

美櫻生氣的「齁」了一聲，「我是那種人嗎？二十％？」

「妳以為我會說十％嗎？沒有這回事，妳年中剛加過，少在那邊！」

美櫻一臉心滿意足的說：「知道啦，我不貪心好嗎？我現在這樣的薪水，已經是祖上積德了，但還是希望今年年終可以多給一點啦，姊！拜託啦，我現在就差一個香奈兒的包……」

我當沒聽到，繼續回著訊息，但腦海裡閃過的都是美櫻剛才說的那句「當妳粉絲還滿幸福的」。

如果是這樣，那潔柔為什麼還會選擇去當天使呢？

明明還跟我保證，會繼續看醫生、接受治療，她真的覺得自己好了很多，結果我收到的卻是她跳樓身亡的消息。快一年了，我至今還是無法接受，那個跟我說會一輩子支持我的潔柔，自己結束了她的一輩子。

今時今日，我都還在想，如果我當初再多花點時間陪她聊天，或找她出來見面、吃飯，是不是結果就會不一樣了？我知道自己好像又要陷入自責的迴廊，繞不出來，連忙收起手機，看向窗外。

黑夜中，難得的看到了幾顆星星，多希望其中一顆是潔柔，這樣的話，我們就是見面了……

「到了。」

在我思緒滿溢的狀態下，美櫻將我拉了回來，才發現車子已經抵達牛肉麵店，我很快回到正常狀態，迅速下車。一走進店裡，老闆娘笑笑的說：「大美女，一樣嗎？」

「對，但今天我要大碗的。」

「好。」

我坐到老位置上，店裡頭還有另外一個男客人，坐在面牆的邊桌吃麵，我喜歡這種可以自在吃東西的地方，抬頭卻見美櫻不知道在跟老闆娘交代什麼，說完後，她過來坐下，我好奇的問：「妳跟老闆娘說什麼？」

「我說我要小碗的就好。」

「最好是喔。」我起身，去冰箱拿了幾碟小菜，看到辣椒罐在男客人旁邊，我走過去說：「不好意思，請問辣椒還用嗎？」他沒回答我，我在那裡僵了十秒後說：「那我拿走囉！」他還是沒理我。

我拿走辣椒，回到位置的同時，牛肉麵也來了，我看著大碗裡的辣椒量後，馬上抬頭看著美櫻。她頭低到不行，最後受不了的抗議，「幹嘛啦？妳吃那麼多辣椒，妳的胃會壞掉，妳真的會死喔，我沒騙妳，我是為妳好才叫老闆娘少加辣，妳如果死了，我就失業了，妳忍心看我沒工作？流浪街頭？」

我懶得理她，幸好拿了辣椒罐。我毫不遲疑的直接加了三分之一罐，直到湯色是我想要的那樣，我才心滿意足的喝了口湯。果然，就是這樣的味道、這樣的刺激才能抒壓。

誰都知道吃太辣不好，但當我因為吃辣，舌頭麻掉、滿身大汗的同時，就好像可以暫時放下許多人生的苦，短暫感受喉嚨的痛，那是一種享受。

美櫻快被我氣死，不停的直嚷嚷，「妳真的會死。」

「死就死，誰不會死？」

「最好這麼雲淡風輕。」

「不然呢？生死有命啊，該死的時候，閻羅王也不會放過妳好嗎？妳很吵，可以讓我好好吃麵嗎？」

美櫻這才吃起自己的麵，但又忍不住對我嘮叨，「妳今天真的吃太辣了。」

「又不是叫妳吃，意見很多。」

「我是擔心妳，妳忘記妳年初參加告別式回來之後，吃辣吃到送急診嗎？」

我當然記得，一月二十號那天是潔柔的告別式，我有去參加，她的遺照，就跟ＦＢ的頭像一樣，笑得那麼甜美可愛，一個追蹤了我十年，一直很支持我，在我默默無名的時候，總是會搶頭香來留言的書迷。

那年她才高一，我出第一本書的時候，第一個簽名就是送給她，我們是互相支持的關係，可是我終究撐不住她，她還是選擇高高落下，摔碎了她自己。

「別吵。」我深吸口氣，繼續吃麵。

人中和額頭開始冒汗，美櫻見我堅持，只能放棄，去幫我拿瓶可樂，打開後要放到桌上時，坐在後面的男人剛好起身，身子撞上美櫻的手，可樂就這麼從我頭頂上澆了下來。

我頓時感受到，可樂帶氣的液體流到我的外套上，也流進了我的衣服，甚至是內衣裡，冰冰涼涼的。美櫻傻眼，急切的抽衛生紙幫我擦，我卻覺得無所謂，反正回家洗洗澡就沒事了。

美櫻氣沖沖的喊住那位男客人，「喂，你撞到人不道歉嗎？」

男客人回頭看向我們，我和美櫻愣住，這人……不就是剛剛在電視台被江海砸得滿身都是珍奶的周紹光嗎？

「你不是……」

周紹光連理都沒有理我，只是冷冷的看我一眼，就像他全身都是珍奶時，瞪我的眼神一樣，接著非常不屑的勾了勾嘴角，像是在嘲諷我，我不懂他這是什麼意思？

美櫻被他的態度氣到破口大罵，「你什麼東西啊？你不知道她是誰嗎？」

他冷冷的打斷美櫻，「不知道。」說完超級瀟灑的扭頭就走，如果我的感覺沒有錯，他對我有著敵意。

但為什麼？

美櫻氣瘋，追到門口罵他，「王八蛋！你以為你是誰啊，跩個屁！」

美櫻罵到人走遠了，才再走回來，拿起衛生紙繼續幫我收拾善後，她把怒氣全擦在我的臉上，力道越來越重，被她這樣擦，臉上細紋都要出來了，我可能很快又要去打鳳凰電波了。

她繼續怒罵，「真的沒看過那麼沒水準的人，起身都不會看一下後面有沒有人嗎？撞到人了，還這麼囂張，他以為他是誰……」美櫻的叫囂聲一直環繞在我的耳旁。

他以為他是誰啦！

但說真的，你是誰？而我又是誰？

有誰又真的清楚，這輩子，自己是誰？

Chapter 2

Get used to……

臉友珍妮：

赫拉救我！我跟妳差不多大，但我發現自己居然愛上一個小我十四歲的男孩子，他還是我弟的下屬，最近他們在家裡處理工作，我們時常碰面，他對我很溫柔體貼，不時透露自己完全不在意年紀，喜歡姊弟戀，昨天還說了一句，跟姊姊在一起的人一定很幸福。我的天啊……我最近甚至幻想自己嫁給他，我是不是瘋了？我是不是太不要臉了？我月經十四歲就來了，我甚至可以生他了啊！我已經失眠三天，我覺得我要死了……

嗨，珍妮：

妳真的瘋了呢。

要是我，我也會覺得自己瘋了，先撇開年紀的問題，妳要不要先確定，自己對他真的是愛？還是一時的迷戀？說真的，年輕的肉體和靈魂真的很吸引我們這年紀的女人，因爲帶給我們的，是一種青春的嚮往和連結，偶爾和我助理一起發瘋的時候，我也會瞬間覺得自己好 **young**，好像才二十幾歲，會暫時忘了自己正年過四十。

沒錯，一時的激情也是愛的一種，只要妳有勇氣去承擔，年紀眞的不是問題，但如果只是享受暈船的感覺，我建議妳先拿張紙出來，把相差十四歲姊弟戀的優缺點寫出來，比如：他三十六、七的時候，妳年過五十了，妳每年都有辦法存到錢去做醫美嗎？身材還能像全台灣最美麗的歐巴桑美鳳姊這麼辣嗎？每個月還都會記得補染髮根，免得自己看起來很滄桑嗎？

妳可能會說，兩人在一起，內在比較重要，不！醒醒吧，外在才是所有人看到你們的第一眼，妳可以說服自己不要在乎別人的眼光，一次、兩次都能承受，久了妳可以嗎？他可以嗎？

親朋好友的觀感，一向都是姊弟戀的劊子手，更何況差的不是四歲，而是十四歲，他家人會認同嗎？他的媽媽會不會哭著罵妳沒有良心？他甚至是妳弟的下屬，如果有一天你們真的結婚了，妳弟還得叫他一聲姊夫，當然，老話一句，戀愛是兩人的事，可是，一旦妳有想要走到最後的念頭，那就不會只是兩人的事。

我知道不管接受或放棄都很難選擇，但做一個自己能負荷的決定，是所有人面對愛情……該有的智慧。

我按下送出，再看一次珍妮的煩惱，說真的，還滿羨慕她有這樣的煩惱，自從和江海分手之後，也不知道是不是受到什麼詛咒，再也沒有遇到讓我心動的對象，當然啦，被一堆網友貼上大女人、女性主義、強勢的標籤，也沒有人敢追我，我可是二十五歲到三十五歲男子票選出來，最不想交往的對象第一名呢。

沒關係，我還有存摺。

我闔上電腦，已經凌晨三點半了。

從牛肉麵店回來，我馬上進浴室洗掉全身的可樂味，又想到那個周紹光看我的眼神，我猜，他可能年紀也在二十五歲到三十五歲之間，然後有投我一票吧？

我很清楚，有人喜歡就有人不喜歡。

我也曾上過直接面對酸民的節目，有些人就是抱著鍵盤，講話才會大聲，變成大野狼，真的面對面時，就是隻小綿羊，會這樣大剌剌的表現出討厭我的人，他算是第一個，可能是這樣，我才會對他印象深刻。

我躺到床上，準備睡覺，但不知怎麼的，就是毫無睡意，突然覺得買太安靜的空氣清淨機也不好，整個房間只有我的呼吸聲，真的是越聽越孤獨。雖然我知道，我只是在練習接下來可能要一直獨處的日子，卻還是覺得很難習慣。

不愛喝酒的我，也只能多吃幾顆助眠劑，好讓自己能放鬆入睡，畢竟明天還有一堆行程。

人越活就很難只為自己而活，尤其我的工作，只要我說明天想休息，那約好的梳化、攝影、預定好的攝影棚、安排好的人力都要因為我而取消，我實在很怕那種歉疚感，所以無論再累、再想休息，我都會自己把那些念頭吞回去。

沒事的，不只我辛苦，這世界上的每個人都是邊活著邊犧牲。

結果，我就這樣胡思亂想，直到天亮，完全沒有睡意，助眠劑失去了功用，我的生理時鐘也壞掉，只能乾脆起床，坐在電腦前 shopping。我的抒壓方法之一是吃辣，之二便是買東西。

看看最近有什麼素人藝術作，我喜歡那種拼拼湊湊、坑坑巴巴的創作，即便不完美，但那蘊含在裡頭的意念、想法，是我覺得最可貴的地方，我總是會在裡面，看到某個不完整卻很喜歡的自己。

也就是說，其實我最懷念的，還是剛寫部落格的自己，雖然偶爾回頭看以前的文字，我都會臉紅驚呼，「靠！這麼爛也寫得出來？」但那時候是最充滿勇氣、對未來最有期待的時候，是最美好的一段日子。

下單兩個作品後，我心滿意足的去洗澡，沒想到吹完頭髮出來，就看到美櫻癱在我的沙發上，我已經見怪不怪了，但看到她穿著跟昨天一樣的衣服，我忍不住問：「妳沒回家？」

她要死不活的點頭。

「昨天去男友家，結果兩個人吵架了？」我做著最合理的推測。

她生氣的坐起身對我說：「我最討厭把番茄醬淋在薯條上面！就不能沾著吃嗎？我明明跟他說，我喜歡沾著吃了，他還直接淋上去，是不是故意的？他如果喜歡淋上去，那他可以分一半，淋他自己的，愛怎麼淋就怎麼淋，怎麼可以全、部、淋！」

她越說越激動，我只能勸著，「拜託冷靜、小聲，再好的隔音都抵擋不了妳的嘶吼。」

「不是啊，妳不覺得這樣很過分嗎？」

我點點頭，「如果妳有先說，他還這樣是滿過分的。」

「是不是？」

「但為了一包薯條吵成這樣，妳也是滿厲害的。」

「這不是薯條的問題，是尊重、尊重！妳新書裡面不也寫了嗎？兩人相處最重要的是尊重，有愛才有尊重，他一定是不夠愛我，才會這麼不尊重我，如果保羅不道歉，我就要跟他分手。」

「妳可不可以不要只看一半，就拿一句話無限上綱？我是不是也有說，尊重的標準配備是溝通？妳剛那是跟他吵，還是跟他溝通？或許他只是覺得，淋上去也滿好吃的，因為他喜歡，也想跟妳分享，所以才會要妳試試看啊？但妳直接解讀成他不夠愛妳，妳又有尊重他嗎？」

美櫻一愣，眼睛巴眨巴眨的看著我，一看就是想找臺階下。「姊，妳先去換衣服，我去打個電話，馬上好，我們差不多再二十分鐘就要出發去拍片了。」她說完，便打開陽台門，去外頭打電話，看她眼神有多急切的想要道歉，我就覺得好笑。

在我轉身要去換衣服時，桌上的手機響了，是我爸打來的，我深吸口氣接起，他劈頭就嚷嚷：「搞什麼鬼，妳還記不記得有個家在台中啊？人家問我怎麼那麼久沒見女兒，我都不知道怎麼說了。」

「就說我在忙啊。」

「妳大伯父八十壽宴，辦在那個飯店可高級了，妳讓我自己去嗎？」

「大伯母有傳訊息問我，但我那天還有錄影，真的去不了，我會請花店幫我做兩盆祝壽花籃送過去，祝壽金我匯給你，你再給大伯父就好了。」

「到底是有什麼好忙的？妳大伯父、叔叔兒女滿堂，現在連孫子都有了，我就妳一個女兒，還一年到頭不見人影，人家妳大伯父和叔叔的兒女，每個不是醫生就是律師，人家也沒有妳忙。我那西裝都舊了，起毛球了，也沒人幫我處理……」

「買新的吧，我多匯一些，你去買套好看的西裝，再買雙好穿的皮鞋，我上次送你的那支錶再戴上就很體面了。」

「那錶都舊了。我說啊，妳就回來跟我一起去。」

我當然知道我爸最好帶出門的行頭就是我，但我對炫耀兒女這件事真的超級沒興趣，也不想被當作品頭論足的模特兒，我只能說：「那你再買塊錶吧，錢我等等就匯給你。對了，那套新沙發好坐嗎？」

「還行，鄰居朋友來家裡泡茶，都稱讚的。」

「確定是泡茶，不是去找你喝酒？」

「我戒酒很久了，妳也不是不知道，幹嘛還提呢？對了，我看妳再多匯些，妳姑姑女兒小雲的男朋友今年剛考上醫大，得送個禮物才行。」

「小雲男朋友和你有什麼關係啊？」我不能理解。

「怎麼會沒有，看起來他們早晚會成的，聽說人家很有錢呢，以後可是要接家裡的什麼醫美診所，當然要先打好關係啊！」

我真的無言以對，「你有要做醫美嗎？」

「我這老皮囊做那個幹嘛？」

「既然沒有，你打好關係做什麼呢？每次大伯父和叔叔的女兒還兒子，只要有了交往對象，你就要跟人家有往來，送禮什麼的都要做到足，有結果就算了，重點是最後還都分手了，那你何必花這個錢？我倒寧願你把那些錢拿出去吃香喝辣……」

「行行行，不給就算了，那麼多話，還不是為妳著想，妳又沒結婚，以後肯定都要靠這些兄弟姊妹互相幫助的，妳都沒有往來怎麼可以？算我雞婆，錢妳都別匯了，老子不稀罕！」我爸說完就直接掛我電話。

我也是一結束通話，就先掌自己嘴。

我何必勸呢，他從以前就愛面子裝闊，這種根深柢固的習性是到死都不會改變的，每次說他就不高興，受罪的還不是我自己，我一定是昨天晚上沒睡，精神失常，才會回嘴忤逆他，錢嘛，給了不就沒事，世界大同了？

美櫻一走回屋裡，看到我的表情就直接問：「幹嘛？又跟阿伯吵架了？他又亂要錢了？」

我只是看美櫻一眼，一切就讓它盡在不言中好嗎？

我沒回她，邊走回房間邊用手機 app 轉錢給我爸，我該慶幸用錢就能解決與維持的父女情，還稱得上划算吧？畢竟我們之間，沒了我媽，本來就很難連結。

匯好錢，換好衣服，美櫻開車，我撥了電話給我爸，沒意外的話，以他今天的怒氣，會響到第三通吧……結果，他第二通的第十聲就接起電話了，「幹嘛？」

「我錢轉好了，該買什麼，你就自己決定吧，不夠再跟我說。」

我爸不以為然的說：「是，我現在是得靠妳這個女兒養，但不代表我就要看妳臉色，現在還是有工地在請老人工，我就自己去賺，免得拿妳幾毛錢，還要被妳唸！」

「別了吧，等等受傷了，還得花更多醫藥費，我也只是擔心你，你就別氣了，不要忘了你有高血壓。」

「還不都妳。」

「對不起。」這幾個字，我已經講了不下上千遍，從原本的憑什麼要我道歉，到後面只要我道歉就可以換來和平後，我就好習慣先對我爸說出這幾個字，反正對我來說，它就只是一個通關密語，通過我爸這個難關的鑰匙。

「行啦，去去去，去忙吧，但妳也別太忙了，都四十了，再不快點交男友就嫁不掉了……」

我爸說完，也沒等我回應，就直接掛掉電話，我頓時鬆了好大一口氣。

開車的美櫻好奇的轉過頭來問我，「妳爸上個月不是才跟妳拿二十萬，說要捧場朋友新開的傢俱店，剛買完一套沙發？這次又要什麼錢？」

「別問了，我連回想都不樂意了，更何況要我再說一次。」我看向窗外，覺得沒來由的煩躁。日子像一種惡性循環，為了供應我爸的花費，我努力賺錢、工作，人生最後好像只剩下這些，我忍不住問：「日子怎麼那麼無趣……」

「交男朋友就會有趣了！」聽著美櫻得意的語氣，我直接放空，省略她接近五分鐘的廢話。生活的熱情，不是交男友就會有的，我跟江海在一起的時候，也會覺得日子很無趣，我甚至很常出現「算了，怎樣都好」的心態，我變得不再堅持，就好比我對我爸的妥協。

日子的瑣碎和無力，不停的漫過我的底線。

以前不管怎樣，都會告訴自己要好好過日子，現在被工作行程牽著生活走，只要能把工作完成就是過日子，現在活著的人是赫拉和邱星，而過去活了十八年的邱水仙，在高三被父母帶回台中，強行改名的時候就死了吧。

我就說了，我是不完整的人。

就在我整個人出神的時候，我們已經到了要拍攝春節宣傳照的地方，美櫻把我喚回來，「姊，開工了，微笑。」

我點點頭，給她一個笑容，迅速收起這種自怨自艾的情緒，偶爾可憐一下自己，沒有什麼大問題，畢竟這世界上會心疼自己的，也就只有自己，不過，不能把那樣的情緒帶給別人。我深吸了好幾口氣才下車。

踏入休息室，和大家打著招呼，意外看到，該是我梳化的時段，唐妮卻坐在位置上頭，看起來才剛在化妝的樣子，她見到我來，開心的對我揮手，「小星！」

全世界都知道她的熱情是裝的，但大家還要配合她演出。

「嗨。」我也揮手回應她，這時候，我都特別看不起我自己。

她一臉抱歉的對我說：「不好意思耶，早上去錄廣播節目，結果路上塞車，晚了半小時才到，delay 到妳的時間了……」

「沒關係，我晚點沒有什麼行程。」

她驚呼，「怎麼可能啦，妳手頭上的帶狀節目就兩個，再加上 Podcast 每星期要出三集，還有些代言活動……妳不是也要出新書了嗎？怎麼可能會沒有行程啦，妳這樣說，是在安慰真的沒有行程的我嗎？」

我真的好討厭跟她對話，「妳最近也忙啊，新書賣得很不錯，恭喜妳。」

「多虧妳幫我寫了推薦序啊，還在節目上幫我宣傳，帶貨女王赫拉果然名不虛傳，妳身上穿的用的多少人在問啊，真羨慕……」

我不想再繼續這種捧來捧去的話題，笑笑的打斷她，問：「喝咖啡了嗎？」

「還沒啊，怕遲到太久，只能趕緊過來，畢竟我又沒有助理可以幫忙開車，不管去哪裡只能坐計程車……」

「大家要喝什麼、要吃什麼跟美櫻說，讓她訂，我來請客。」

工作人員歡呼，美櫻很上道的先去問唐妮，我趁這時間，趕快溜到外頭透透氣，不然我再繼續待下去，很可能就會吐出來。

幸好今天拍攝地點比較偏遠，我看著眼前的空曠山景，總算覺得心裡舒坦一些，有時候，只想做好自己的事，並沒有那麼容易，到最後只能選擇先退一步，讓自己可以海闊天空，但我要說，我妥協的對象不是對方，而是和平。

唐妮跟我一樣大，但她比我早出名，當我開始寫書的時候，她已經佔據輝煌的電視綜藝時段，挾著呆萌、可愛、傻大姊個性的人設，大家都喜歡她，我也曾經坐在電視機前，看著她天然呆的樣子，覺得這個人真討喜，怎麼會有人討厭她？

真想像她那樣，全身散發圓潤無爭的氣息，而不是尖銳有角的稜石。

後來，我因為書賣得不錯，經紀公司透過出版社找到我，想和我簽約，那時候也沒多想，只覺得能專心在自己想做的事情上，其餘的交給公司規畫，好像也是不錯的選擇。

於是我便簽約了，唐妮成了我的前輩。

我興奮又期待的和來公司試裝的她打招呼，她只是淡淡看我一眼，嘴角勉強揚起的說了一句，「妳也學我出書喔？」那一瞬間，我認清現實，不能怪誰，有時候是自己賦予了假象更多的美好。從那刻起，唐妮就只是我的前輩，保持著剛好的距離。

加入經紀公司後的第二年，我正趕完專欄的稿子交出去，老闆磊哥打給我，要我去支援錄影，但當初簽約時，我已經向公司表示不會上任何錄影節目，我爸那麼要面子，知道女兒上節目拋頭露面，肯定又要不高興。

但磊哥急了，不停的對我說：「萬一節目開天窗，得罪了主持人和製作公司，我們這小公司怎麼活下去？唐妮不知道在搞什麼，完全失聯，妳叫我怎麼辦？幸好製作公司企畫看過妳的書，覺得妳不錯，提議讓妳去試看看，不然我們連挽回機會都沒有，我看我就真的要關門了。小星，就錄個兩集，公司這麼多人要吃穿，妳難道真的想看公司倒閉嗎？」

我不想，但我也害怕被我爸擊倒啊。

最後，經歷磊哥三小時的轟炸，我答應了。

我代替唐妮參加那次的錄影，那時候什麼都不懂，磊哥說妳就照平常的樣子發揮就好，於是，什麼想講的話，我也照常都講了出來，我以為只是討論事情，結果聽在別人耳裡是在嗆人，引發了一些糾紛，我還被磊哥叫去訓了半小時，真的各種吃力不討好。

原本想說無論如何，即便是不完美，我也算完成任務，沒讓公司倒了吧！

唐妮也在消失半個月後，終於現身，原來是當時男友帶她去旅行，唐妮昏了頭，答應對方求婚，對方要她專心當他的愛妻就好，所以唐妮不管三七二十一，傳了訊息給磊哥說要終止合約，也不再參加任何錄影。磊哥傻眼，只能暫時隱瞞消息，先為唐妮收拾爛攤子，能延後拍攝的就先延後，唯獨那個錄影沒辦法解決，只能先派我去。

後來唐妮回來跟磊哥哭訴，說對方明明還有老婆，居然跟她求婚，向磊哥道歉自己當初實在太不懂事。唐妮還當紅，磊哥再怎麼生氣，自然還是讓她回歸，當作沒有這回事。

原本以為一切風波到此為止，偏偏有狗仔挖出這件事，還拿到唐妮和有婦之夫兩人出國旅遊的照片，並且找來我們經紀公司的離職員工，爆料唐妮有多不負責任，唐妮的形象一夕全毀，沒有人要找她上節目。

反而是我參加的節目播出後，收視率還不錯，也引起一些討論，磊哥便要我繼續參加。我先是拒絕，但當名聲上升，連帶我的書開始熱賣，接連而來的各種邀約都讓那時候為了錢疲於奔命的我，開始心動。

那時高血壓昏倒跌在浴室送醫的爸爸，左腳左手骨折。他看到我上節目，罵我丟邱家的臉，氣極血壓上升。為了讓他活下來，我請了看護照顧他，像我爸這樣的人，對外人特別客氣，自然也不好意思發火，於是能有效控制血壓，但要花錢。

我家最沒有的，也就是錢。

為什麼我爸這麼要面子？那是他從小被我爺爺灌輸的觀念，咱們邱家是名門大戶、是地方望族……也的確是，記得很小的時候，我爺爺隨便一個壽宴，就有很多國家級首長來祝賀，基本就是三天的流水席，外加歌仔戲跟布袋戲，喔，還有露天電影，就是歡迎所有人來玩。

小時候出去說我是邱顯榮的孫子，走路有風，不用帶錢，隨時都有人給你送吃送喝的，還送你回家，而子孫們也給爺爺爭氣，不是醫生就是律師，自然邱家地位就更高上。

但哪有基因都這麼完美剛好？

我爸偏偏就是我爺爺四個兒女中，最不會念書、最沒有用，卻也長得最像我帥爺爺的人，所以我爺爺對他又愛又恨，栽培我爸經營公司，做什麼倒什麼，賠過一次又一次，直到我爸擅自拿了我爺爺的某塊地去投資，結果被騙，拱手送人，我爺爺氣到把我爸趕出去。如果我爺爺在天上知道，現在那塊地市值有幾億，他可能會氣到從棺材裡爬出來，乾脆把我爸打死。

後來，我爸便帶著我跟我媽去台北生活了一年多，我爸又不會賺錢，大少爺連工地的磚頭也扛不起，只能靠著奶奶私下的金援過日子，後來爺爺過世了，我們也正好又回台中，分財產的時候，我爸只拿到一棟房子，但爺爺要其他兄弟姊妹照顧我爸，讓他至少衣食無憂。

我爸怎麼肯呢，死要面子，不屑任何人接濟他。

然後再次把房子拿去抵押投資，再次被騙，我媽因為這樣氣到生病，後來就過世了，幸好她走的時候，我已經大學畢業可以賺錢了，但因為遺傳到我爸不愛念書，沒能上多好的大學，自然也沒辦法找到太理想的工作，早上去文具工廠包裝打工，下午到晚上在補習班當行政櫃檯，好應付我爸跟我的開支。

沒什麼朋友的我，晚上回到家，就只能寫寫部落格抒發一下情緒，偶爾也會想著，如果當我大伯父、叔叔或我姑姑的女兒，是不是人生就會不一樣？我相信誰也都想過要當台灣首富的女兒或兒子吧？

總之，我和我爸住在租來的老舊公寓，下雨還會漏水的那種，但我爸還是堅持要體面，明明是夏天，他一起床換上的還是以前訂製的西裝背心吊帶褲，那個一拉就會掉木屑的衣櫃裡，每一件都是留下來的精品。

他看著兄弟姊妹的兒女都有體面的工作，我卻只是個櫃檯，他心裡丟臉，但因為家產是他自己敗光的，也不好意思說我，只會用迂迴的話術來感嘆，「如果當初我多叮嚀妳念書，搞不好妳也能當個醫師、律師還是會計師的！」「唉，都是我想的不夠多，那棟房子如果沒被騙，今天也不會租這種爛房子過日子……」「妳怎麼都不結婚？大伯父的女兒嫁了個律師，看她有沒有好人選，也讓她幫妳介紹啊！」「妳這眼光怎麼回事？這男的一看就窮酸又不可靠……」

天知道有些哀怨哀久了，會變得更加真實，我爸好像得了憂鬱症似的，開始不出門也不愛吃飯、不愛見人，整天躺在床上唉聲嘆氣，我好像也被他這樣的憂愁感染，開始憎恨這個世界，討厭自己為什麼沒有錢。

在一次我和他起了爭執，我氣得說我要離家出走就跑了出來，但我很清楚，我不可能丟著我爸不管，因為我沒有別的兄弟姊妹可以推託了，他就是我的責任，即便我不管他，他出事了，接到電話的還是我。

我真的好憎恨這樣的關係，為什麼我要生在這樣的家庭，過得這麼勉強？

我躺在公園的椅子上，連自己流淚了都不知道，後來還好像睡著了，迷迷糊糊之中，好像有人拍拍我的臂膀，有一道很溫暖的聲音告訴我，「沒事的，沒事，都會沒事的……」

隔天早上我醒來，脖子上多了一道平安符，我很確定的是，我偶爾能看到鬼，但這是第一次我遇到神吧？說也奇怪，沒多久就有出版社問我有沒有興趣出書，他們覺得我在部落格上寫的補習班工作甘苦很有趣，想整理成冊。我那時只想著有錢賺，便答應了。

後來我有跟美櫻講這件事，她則是不以為然的說：「如果妳的部落格都是平安符寫的，我才會相信有神，明明都是妳自己努力的好嗎？」

就這樣，我也拿自己的幾段感情經驗，寫了自己對於愛情的見解，出版社很喜歡，便也決定要出版。對於我出書的事，我爸其實很得意，但嘴巴還是那樣，「真是奇了，妳也能寫書，有人買嗎？」

接著，我又多寫了一些專欄，收入比以往更多，我把兩人住的小公寓，換到有電梯的華廈，我發現讓我爸過得舒適，我的心裡也能夠舒適一些，因為他心情好就不會唸我，當他住院時有看護悉心照料，不會煩我的時候，我才知道，原來錢可以這麼好用。

為了錢，我願意賣掉我的靈魂。

我開始北上參加錄影，越來越受歡迎，當然錢也越賺越多，最開心的莫過於我爸，他甚至跟我說：「妳要不要乾脆在台北租個房子住，免得來回太累又浪費時間。」

我擔心他的高血壓，萬一昏倒沒人知道怎麼辦，他倒是笑笑的回應我，「妳就幫我請個阿姨來給我煮三餐不就行了嗎？」

我回他，「好。」於是我更瘋狂的賺錢。

不過我至少一個月還是會回家兩趟，看看我爸，但我爸其實不怎麼想看我，只是喜歡帶著我炫耀給他的朋友看，「這我那個上電視的女兒啦！」

結果他朋友居然說：「你女兒這麼能賺，趕緊讓她買棟透天厝給你住，現在買正是時候。」

請大家記得，父母的朋友，都是你們的敵人。

我爸又開始憂鬱了，每天想到那棟爺爺給他，卻被他敗掉的無緣房子，正坐落在精華地段，市值也超過一億，阿姨打給我說，我爸每天不吃不喝，都在捶心肝。

為了讓他開心，可以讓我不用在半夜睡到一半，接到他打來說：「妳說我這個父親是不是太沒用了，如果當初那棟房子留下來，妳也不用租房子給我住，唉……」我只好想辦法買房子。

但，我真的好想半夜去我爸那個朋友家放上百個大龍炮，炸瘋他！

我想辦法貸款、跟磊哥借錢，湊到了頭期款，買了間透天樓，我爸開心得要死，跟我爺爺一樣辦上三天party，招待所有朋友、親戚來玩，他沒有問過我一個月貸款要付多少，也不在乎我需要再做多少工作，才有辦法養得起這棟房，他就是沉醉在擁有新房子的快樂當中。

看他笑得如此開朗，我轉身躲在廁所哭。

那時美櫻安慰我，「至少房子是妳的名字，先買起來也不錯。」我只能更認真工作，想辦法快點還完所有貸款，以及應付我爸的各種金錢需求，好讓我的日子能過得更加快活。

誰說錢不能解決任何事？錢光是能解決我爸，我就能為它下跪。

後來，他也不在意我拋頭露面了，畢竟大家都說他女兒是明星，他開心都來不及了，偶爾一星期沒在電視上看到我，還會打電話問我：「妳是不是過氣了？」

我只能盡量維持上節目的頻率，雖然很累，但我能說，每一次討論的議題，我都非常認真準備，因為我希望，有人看完節目，關掉電視的那一瞬間，至少會從我身上得到一點力量，寫書也一樣，Podcast 也一樣。

只想告訴大家生活很苦，無論你我都一樣。

雖然是唐妮被封殺在前，我接手她的節目在後，但開始有傳聞說是我找人爆她料，搶走她的工作，有人不相信，但也有人信以為真，媒體炒了一陣子，最後，某個節目在我不知情的狀況下，找來唐妮跟我對質就算了，唐妮還歉疚且語帶哽咽的說：「我不知道是誰亂說話，但我相信小星不是這種人，請有心人士不要再破壞我跟小星的感情……」

呃，我們有感情？

我真的完全愣住，不知道這一波是什麼操作，就這麼呆呆的錄完整集節目。結束後，我看到磊哥也在現場，大概也猜到磊哥就是利用這個機會，讓唐妮復出，他真的很聰明。社會大眾對唐妮的演出很買單，風向開始變成「她又不是故意當小三的」、「該罵的是渣男才對」，就這樣，她換了一個跑道，當起直播主，也做得不錯，偶爾會上些節目。

但那時我能對磊哥生氣嗎？不行，我當時還欠他三百萬呢。

直到半年後，我才知道那個說我找人爆她料的傳聞，是唐妮放的，然後是她拜託磊哥找製作單位喬，才有那天驚人的演出。

那年，我三十五歲，以為自己看過大風大浪，沒想到我過去在補習班面對的各種瘋狂家長，都只不過是小石頭丟在湖裡的幾個小水花罷了，接下來面對業界內的各種卡位大戰，還有公司的各種資源爭奪，那才是現代版的後宮甄嬛傳。

我實在厭倦那樣的針鋒相對，還有各種背後的耳語，畢竟有些話傳到第十個人之後，就會變成真的。

於是我想辦法開拓另一條路，努力不佔用公司資源，也不再大量參加電視節目錄製，就怕大家看膩我，我開始努力經營自己的粉絲團，和讀友們能有更直接的互動，也跟ＫＯＬ一起拍了些影片，並有了自己的 Podcast 頻道和業配。

終於，在去年的時候，我把負債和貸款全還完了。

但這些爛事並沒有結束，即便我已經很少進公司，也很少和唐妮碰面，可我總是能從合作的化妝師、服裝師、製作人……所有人的口中得知，唐妮總是告訴大家，她和我是閨蜜，把她從磊哥口中得知的我的近況，當作是我跟她說的，四處跟人家分享，甚至在直播中故意爆出我當時剛交往的男友身分，隔天當然免不了被記者打來問，男友十分不諒解，交往不到三個月就分手。

我告訴磊哥，這種狀況讓我很不舒服，可他只笑笑的開導我，「同公司，感情好正常啊。」

「但我跟她不熟，這樣的說法也正常？」

「總是會有些櫥窗感情，是展示出來給人家看的嘛，沒關係啦，妮妮現在在直播界也還可以，妳們相輔相成嘛！」磊哥這樣回我。

但這是重點嗎？我已經懶得再多說了，有時候你的重點不是別人在意的點，說再多都是對牛彈琴。

我也曾笑笑問唐妮：「我們真有妳說的這麼熟嗎？」

她還一臉無辜的說：「沒有嗎？難道是我自作多情？」接著揚起燦笑，「沒關係啦，我們多見面就熟啦，什麼時候讓我去上妳的 Podcast？大家都在問我，妳怎麼不邀請我……」

我投降，我不知道她在想什麼，也不想知道，就隨便她吧，反正一年我也碰不到她幾次，她愛講什麼就講吧。

但美櫻每看唐妮的ＩＧ就會發火，昨天在等錄影的時候也是，滑了一下就大罵，「瘋女人又來了，她看妳今天穿白洋裝，也穿類似的拍了一張，下面居然有人說，她穿白洋裝比妳好看，有事嗎？眼睛嗎？幹！」

我只是笑，然後搶走美櫻的手機，讓她冷靜。

反正從我頂替她的工作開始後，我們就陷入這種莫名其妙的牽扯，我知道她有心機，但至少那樣的意圖並沒有真正傷害到我，我這樣安慰我自己，不想陷在那種情緒裡。

突然，一台手機出現在我眼前，我還沒有回過神，就被唐妮摟著我的肩自拍了好幾張，我意外的看向她，她笑說：「難得有機會，當然要同框。小星，換妳化妝了，我先去拍照囉！」

唐妮拍拍我後，燦笑的揮手離開。

美櫻氣急敗壞的站到我旁邊，在我耳邊氣罵，「她明明就是故意的，心機有夠重耶，她完妝，妳大素顏耶，而且她讓妳的臉在前面，更顯妳的臉大，信不信等一下，她一定會把照片上傳ＩＧ，然後完全不修圖。」

我忍不住轉頭問美櫻，「我素顏是很醜嗎？」

「不至於到醜，但不能說漂亮。」美櫻一臉認真。我真的好想打她，怎麼有人的真誠每次都放錯地方？

我深吸口氣，轉身回休息室化妝，才剛坐下，貝姊就問我，「妳要跟唐妮去露營啊？」

「沒有啊。」我說。

「但她說妳們要去住露營車，三天兩夜，還問我要不要去？」

我只能笑，也不知道該從何說起，接著服裝師 Amy 突然衝進來，朝著裡頭的大家咆哮，「為什麼唐妮穿那套？那套是赫拉的啊！我不是說唐妮穿紅的，赫拉穿白的？我只是剛好肚子痛去拉個屎，怎麼就穿錯了？」

「沒關係，紅的我也能穿啊。」我說。

「不是這個問題啊，妳後面跟 Allen 一組，他也穿紅的，當初說好就是紅白配，現在這樣紅紅配主題就不對了啊，唐妮是在幹嘛啦！」Amy 邊說邊衝出去，但很快就洩氣的走回來，搖頭說：「來不及了，已經在拍了。」

「那就讓唐妮跟 Allen 一組吧。」我說。

美櫻直接捏我手臂，一臉氣憤，咬牙切齒的低聲說：「妳現在是想把當紅男主角拱手讓人？」

我知道我手臂有多痛，更清楚美櫻心裡有多為我抱不平，但我還是忍不住捏回來，然後跟她說：「很痛。」

她撫著手臂，氣到不行。

難道我要叫唐妮回來換裝、重新梳化，好讓已經遲到的她，再耗費大家更多時間，以保住我的位置？不就是春節宣傳照，所有人都是公司同事，對我來說沒有什麼新舊人、大小咖之分。

最後，我還是穿上那套紅的，盡力完成所有拍攝，讓大家跟我都能準時下班。

結果回家的時候，美櫻唸了我一整路，「她就是故意的，她一定是從磊哥那裡知道今年的主題是紅白配，才會搶妳衣服穿，她奶子那麼大，穿妳那套都要爆開了，明明就不是她的尺寸，硬要塞！」

「妳這是拐彎罵我胸小？」

美櫻冷笑一聲，「哪有，妳胸多大、多開闊啊！」

我被她逗笑了，「妳到底還要氣多久？」

「氣到唐妮離開我們公司為止！真沒見過心機這麼重的女人……」

美櫻繼續唸著，我微笑聽著，再次度過生活裡的一個小水花。

希望我們都不是，激起別人生活裡水花的那顆石頭，

而是能照亮任何一片湖水的清澈太陽。

Chapter 3

Once again

臉友小咪：

赫拉妳覺得我要去整型嗎？老公覺得我生完孩子，沒以前漂亮，整個人都沒有女人味了，只剩下媽媽味，讓他一點都不想要碰我，我昨天哭了一整晚，小孩也跟著我哭……

小咪好：

首先，我不知道妳老公是用什麼樣的口氣說出那樣的話，但不管用什麼口氣說，能講出這種天理不容的話，就算只是開玩笑，也值得賞他一巴掌，不鼓勵暴力，但無視妳的辛苦，在旁邊風涼，眞的太欠打了。

無論如何，請妳，千千萬萬不要被這樣的話打倒！

如果今天是妳覺得自己還不夠美，想去整型，我百分之百支持，但爲了如此混蛋的一句話，而感到無助，把整型視爲搶救婚姻的一個手段，那眞的大可不必，該整的是妳老公的腦，好嗎？

如果妳這次整型討好他了，下次他再嫌妳胸部沒有EFG罩杯的話，妳又要去隆乳嗎？沒完沒了，無限循環，妳要爲這樣的人做這樣的犧牲嗎？我是做不到啦！無論妳今天是人妻、是媽媽，妳都是妳，就算眞的要付出，也要確定那人値得。

早上九點四十分，我回完粉絲團的所有訊息後，先去洗了個澡，今天得要去電視台錄過年的特別節目，本來以為昨天拍完宣傳照，我會有時間去做個臉，但回到家，再聽美櫻罵完唐妮，已經晚上十一點了。

只好早上趕緊救急一下，好好的躺在沙發上敷著面膜、眼膜。

接著，我聽到密碼鎖滴滴答的響起聲音，下一秒門開，我才剛要跟美櫻打招呼時，她已經衝到沙發旁，著急又氣憤的說：「妳有看到嗎？妳有看到嗎？」

我指指臉上的面膜，最好我會看得到，我會通靈嗎？

美櫻一把扯掉我臉上的面膜，我驚訝得彈坐起身，氣得大罵，「肖查某，一片六百耶，妳給我直接拿掉？」

她根本不管我有多生氣，直接把手機放到我眼前，氣急敗壞的說：「妳看！唐妮真的 po 妳的素顏照，半個濾鏡都不幫妳用，心機有夠重，下面留言一堆都在說妳變老了，細紋好多，還說妳沒化妝看起來真的很普通，甚至有人說妳是大媽啦！」

我深吸口氣，看著美櫻，「就這樣？」

她本來激動著，突然愣住，不解的看著我，「什麼叫就這樣？」

「留言還滿善良的啊，他們說的也算是事實，我都四十了，多少會有細紋，本來最近該去打電波了，但一直約不到時間，我又不是孫藝珍，可以從年輕美到現在，我要不是去開眼頭跟墊鼻子，會長得更醜，這年紀跟妹仔比起來，是大媽沒錯啊！」

美櫻一臉同情的看著我，「妳這是自暴自棄了嗎？」

我真的無言，「妳有病喔。」

「不是啊，妳以前不是很討厭酸民嗎？」

「我現在也很討厭啊，但還是要看狀況，他們算是酸民baby而已，不用跟他們生氣。」

「唐妮妳也不氣？」

「昨天不都猜到她會這樣了？除非我今天不做這行業，不然真的氣不完，我現在最不爽的是妳浪費了我的面膜，六百從妳獎金扣。」我把面膜重新敷回臉上，對美櫻比了個噓後，躺回沙發。

說真的，難聽的話沒有少聽過，那些無的放矢或是惡意中傷，早就讓我千瘡百孔，有些子彈不過是直接穿過我身上已有的彈孔，不再那麼痛了，我想，這就是擁有存款和房子的代價吧？

比起許多人，我很幸運了。

我都是這樣在說服跟催眠我自己，反正很多事情說久就會相信了。

我敷完臉後，迅速化了妝、換好衣服，便和美櫻一起出門。一上車，她就拿了新書的打樣給我看，「你的人生，讓你自己風光！」美櫻激動的喊出書名，然後說：「是不是很美？出版社這次真的是下重本，找來最夯的插畫師畫封面，還用這麼好的紙材，很感動耶。」

我撫著書，心裡也是滿滿的感動，想了一下，對美櫻說：「走吧，先去拜拜！」

我是個還算迷信的人，畢竟從小就會看到一些奇奇怪怪的東西，很難不迷信，我還特別喜歡聞廟裡的味道，是一種安心的味道，喜歡到美櫻只要看到我心神不寧，就想著要點香來安撫我。

一到廟裡，美櫻就說：「我等一下一定要拜月老！」

「妳不是有保羅了？」

「是啊，但如果有比保羅更好的，我也可以 try 啊！」

「妳這樣，最好月老會幫妳！」

我什麼神都拜過，就是沒有拜過月老，可能是初戀有些慘烈，讓我對愛情抱持著隨緣的態度，雖然偶爾會跟美櫻嚷嚷好想交男友，但只要被約，就又懶得出去，我就是無法身體力行的那種小廢廢。

我懶得理美櫻，點了香，用力的深吸口氣，將廟裡的味道灌進我的肺裡和全身，美櫻傻眼的看著我，「妳真的很像在吸毒耶。」

「最好妳看過人家怎麼吸毒。」我白美櫻一眼，接著開始參拜，祈求神明讓我爸心情開闊、讓我繼續新書大賣。插好香後，我拿出新書打樣，在香爐上過了三圈，頓時心滿意足。

「妳的臉好像高潮了。」美櫻微笑著對我說，我直接手一揮往她手臂上打下去，「妳想死嗎？在神明面前亂講話？而且最好妳有看過我高潮的臉，道歉！」

「對不起啦！」美櫻很誠懇的對我說。

我真的是快被她氣死，「不是我，是神明！」

美櫻馬上下跪，跟神明道歉，「神明對不起，我亂講話，祢是神明不會跟我這種凡人計較的對嗎？而且祢是玉皇大帝是男的，我不過一名愚婦，祢不會這麼小氣吧？我很常來拜拜耶，還有添香油錢，外面紅磚我也有貢獻幾塊吧，不然我等等再捐五百，祢不要生氣好嗎？打勾勾！」

「不要跟神明討價還價！」我整個忘情的吼她。

她連忙磕了三個頭，趕緊結束一切，我卻覺得心累，明明一天才剛開始，我乾脆再投一千塊進香油箱，接著用最快的速度拉走美櫻，別讓她髒了神明的眼，結果才一走出門口，就被一個老奶奶攔住。

老奶奶笑得超慈祥的對我說：「小姐，買紅線啦，包妳一定嫁出去。」

我都還沒開口，美櫻馬上舉手，「我買，我要嫁出去！阿嬤，妳有賣可以嫁到豪門的那種紅線嗎？」

老奶奶打量美櫻一眼，「人家豪門幹嘛娶妳啦！」說完還哈哈大笑，抽了一條紅線要幫我綁在手上，沒想到美櫻居然直接搶過去，「我要這條。」

老奶奶傻眼，我笑了笑，付了錢，「給她吧，我不用！謝謝。」接著轉身要往停車的方向去時，老奶奶突然在我後面喊：「平安符要一直戴著，不能弄丟啊！」我頓時一凜，回頭看去，老奶奶不見了。

幹！我瞬間起了雞皮疙瘩，拉著自顧自綁紅線的美櫻說：「剛才那個阿嬤是人吧？妳也看得到對吧？」

「廢話，快幫我綁一下啦！」美櫻只在乎她的紅線，但我在意的是老奶奶的聲音，怎麼好像那道在公園裡，不停安撫我，說沒事的聲音？我邊幫美櫻綁著，可是眼神總不時往廟口看去，都沒有再看到老奶奶。

老奶奶的事，就這麼讓我一路牽掛到了電視台，連美櫻停好車了，我都不知道，美櫻有些無助的說：「姊，妳要我公主抱嗎？我做不到！」

我回神，瞪她一眼，總覺得心裡有種怪異的感覺，我看向她手上的紅線，忍不住對她說：「紅線還我，我覺得這可能是老天要給我一個sign……」

「塞啦！我都沒有豪門紅線了，這條包嫁的我不能讓，姊，我讓妳扣薪水，但我要守護我的紅線！」美櫻不要臉的直接把手縮到衣服裡，放在她的胸前，一副要跟我拚了的樣子。

我真的心寒，「一條紅線比不上我們這麼多年來的革命情感？」

「這不只是一條紅線，還是我的未來，我老公跟小孩都在紅線裡！」她超級激動，比我素顏被唐妮發ＩＧ還激動。

而且被她這麼一說，我覺得好可怕，馬上點頭安撫她，「好，我不要了，妳自己留著，慢慢養，看半夜他們會不會出來跟妳打招呼！」我說完拿了包包下車，美櫻也嚇到，氣壞的不停跟在我身後罵我，「妳剛才明明說不要的，現在要跟人家搶，還故意說鬼故事，我不管！我晚上要去跟妳睡，妳負責，明明知道我最怕鬼了，妳還一直說，妳變了，妳以前沒有這麼不要臉的……」

她一路罵到電梯來，門一開，她就閉嘴了。

因為站在我們眼前的是江海，還有周紹光，他們同時驚訝了一下，但很快就回到那種對我的不屑眼神，江海比較明顯，而周紹光是完全沒有把我放在眼裡，當我空氣，這種更勝一籌。

如果還有時間的話，我會請他們先上去，避開這樣尷尬的場面，但剛才拜拜多待了一會，我只能踏進電梯，聽著美櫻做做表面的朝江海打招呼，「江大哥早安。」

江海只是微微頷首，隨口應了一聲。

到了錄影的樓層，江海率先走出去，但不忘回頭瞪了我一下，還故意擋在電梯門口拖台錢，害得換我走出去時，電梯門已經要關上了，我就被電梯門重重的夾了一下，我痛到跟嚇到，自然的喊了一聲：「啊！」

所有人看向我，江海幸災樂禍的離開，美櫻連忙關心我，我則是快步從電梯出來，免得再被夾到一次。

美櫻有些不高興的嘟囔，「那警衛是怎樣啊？也不會幫忙按一下開門鍵喔……」我下意識的看向電梯裡，周紹光好像什麼都沒看到一樣，若無其事的按下關門鍵，電梯門迅速的隔開了我的視線，電梯繼續往上。

我回神對美櫻說：「沒事，我自己也沒按。」

「都江海啦，擋屁擋！要不是跟他同台電梯，才不想跟他打招呼……」

「不抱怨、不口出惡言，這位信徒妳的紅線要斷了喔。」我提醒她，「才剛去廟裡，妳看看妳！」

她馬上自己掌嘴，「我對不起神明，我今天一定都不罵人，希望晚上保羅就跟我求婚，我會馬上說 I do。」我懶得理她，快步去休息室整理一下，好準備進攝影棚。

就這樣，時間像被偷走一樣，錄完節目已經又是晚上十二點半，但好在過年的特別節目就錄到今天，要再走進這電視台也不知道是多久以後了，可以不用看到江海、看到……周紹光，我覺得心情很好。

換好衣服，我和美櫻一起下樓，到地下停車場的時候，美櫻的手機響了，她看了一下來電，馬上激動拉著我說：「姊，是保羅，我剛才錄影都沒有說人壞話，他是不是要跟我求婚了？」

我真的被她打敗，「妳先接，鑰匙給我，我先上車。」

她馬上把車鑰匙丟給我，還比著要我快點離開的手勢。

我沒好氣的瞪她一眼，最好是有求婚，不然等等上車，看我怎麼笑她。我轉身走到我的車旁，才按下遙控鎖打開門，突然一隻手伸出來，再次把我的車門給關上。我嚇了一跳，抬頭看去，是周紹光。

我頓時不知道要怎麼反應，是要罵他「幹嘛啦？嚇死人喔？」還是問他「請問有事嗎？」兩種情緒好像都不太對，反倒是他很快就做出下一個動作，把一個紅包袋丟在我的汽車引擎蓋上，說：「我不要妳的錢，髒。」

其實，他不要我的錢，我可以接受，但髒我就不懂了。我耐著性子解釋，「我只是想表達上次害你弄髒衣服的歉意。」

他冷冷說：「歉意這種東西妳有？」

「你這什麼意思？」越說我越聽不懂。

他冷笑一聲，「真的好會裝，難怪一堆女人被妳騙得團團轉。」

「你到底在說什麼？我們不認識吧？如果是因為那次不小心波及到你，你覺得賠償不夠誠意，需要一個道歉，我馬上在這裡鄭重的跟你說聲對不起，害你遭殃我很抱歉！但你不能這樣對我說話吧？太無禮了！」

「妳幹的事，說一萬句對不起都不夠。」他說完就轉身離開。我傻眼，不服氣的追上去拉住他，「把話說清楚，我到底是哪裡惹你不爽了？」

他突然怒吼，「全部！」接著甩開我的手，騎上重機離開。

我連喊都來不及開口，就看不到他的車尾燈了，我真的完全傻在原地，周紹光這個人到底有什麼毛病？他的眼神告訴我，他不是討厭我，而是恨我，但我不懂自己到底做了什麼，讓他這麼恨我？

我敢保證，我從來就沒有見過他，所以哪來的恩怨情仇？

就在我百思不得其解，整個腦子都要炸掉的時候，我突然聽到一陣哭聲，我心頭一驚，連忙快步趕回車邊，就見美櫻整個人趴在車邊大哭。我有些應付不及，現在是什麼健達出奇蛋嗎？各種驚喜一天滿足？

「吳美櫻，妳幹嘛啊？」我快步過去喊她。

她抬頭，整個妝都花了，如果現在是鬼月，她走出去，一定會嚇哭所有人。但她不在乎自己臉有多髒，邊吃著混著眼線的淚水，邊哭訴著：「姊，保羅跟我分手了。」

「蛤？」

「他說他不能接受我穿懶人鞋不穿襪子……」

「蛤？」現在分手理由都要這麼創新嗎？

「他說我上次這樣去他家，踩在他的地板上，讓他一直很不舒服，連我穿的室內拖鞋，他在我走之後也丟掉了，他覺得我們不合，他是不是根本就是交新女友，才用這個爛理由……」美櫻直接哭倒在我肩上，因為鼻涕和眼淚，整個口齒不清，幸好我已經聽她失戀哭幾十次，什麼都聽得懂。

但說真的，想分手想到這種理由都能說出口，我也是很佩服保羅。

「先上車好嗎？」

「我不要，我要去找他，我要去揍死他，我都沒有說他早安吻的嘴巴才臭！」美櫻說完就要去，馬上被我拽回來推上車，她是真的會衝去保羅家拍一整晚的門，到時報警被抓，我還得去警局保她，我會累死。

看在她失戀的份上，今天換我開車帶她回我家，我得先緊緊看著她，免得她失控，雖然已經做好豁出去的準備，但看著她在我家開酒、喝酒、發酒瘋，我真的是全程緊握拳頭，幸好我一回家就立刻去廚房把刀子都收好，免得先進警局的人是我。

她灌著酒繼續哭，「姊，保羅怎麼可以這樣？我很愛他耶，他說想看我穿兔子裝、護士裝我就去買，還沒有爽夠，我都說我高潮了，這樣還不夠在意他的自尊嗎？他上次明明還說，如果以後我們結婚了就怎樣怎樣，怎麼可以沒幾天就跟我分手？王八蛋去死！」

「小聲點，已經半夜三點了。」

我話剛說完，她好像要跟我作對一樣，又嚎啕大哭出來，「我不要分手，我不要！我想嫁給保羅啊！」她邊說邊牛飲手上 Opus One 的紅酒，那是我買來要送人的，她給我當水喝，我真的好後悔，剛剛在便利商店沒買夠酒。

「是妳的跑不掉。」我說。

「但是他跑了啊！」美櫻抹著眼淚，突然哭著把手上的紅線扯下來，我震驚問她，「妳幹嘛？」

「我不要了，什麼爛紅線？都是它害的！我要丟掉、丟掉！」她突然站起身，衝過去打開陽台，就要把紅線扔出去。對神明如此尊重的我，怎麼可能讓她亂丟神明的信物，連忙衝過去搶，美櫻喝醉又隨手亂揮，就這樣搶到最後，美櫻手上的紅線不見了，我完全找不到，探頭想看看是不是掉下去，但我忘了這裡十樓，最好會看到一條細紅線……

沒錯，紅線消失了，但我卻看到大樓對面的街道上，那個賣紅線的老奶奶就站在那裡，好像在對我笑。

幹！

我嚇到差點把美櫻推下去，還好，我還有理智。

我迅速的把美櫻拉進屋子，關起陽台落地窗，還拉起窗簾，接著平復一下情緒後，往旁邊的小窗移動，我試著偷看對面的街道，但已經沒看到那個老奶奶了，我整個人完全無法思考，狠狠的呼自己一巴掌。

有夠痛，所以不是做夢……

那到底是什麼？我衝過去抓起已經醉死的美櫻搖晃，「吳美櫻，妳給我醒來，妳剛剛是不是也有看到那個阿嬤？有對不對？有吧？」

美櫻直接發出巨大的鼾聲來回應我，我絕望的放手，假裝自己沒有聽到她頭撞在木頭地板上的聲音，我太慌、太亂，拿起美櫻沒喝完的酒，也胡亂灌著，想要壓壓驚，結果沒多久就跟著美櫻一起倒在地上。

我就是連吃燒酒雞都會醉的人。

以為睡著會夢到什麼，可是今晚夢裡，什麼也沒有夢到。

醒來只覺得頭痛到好像快炸開一樣，怎麼可以痛成這樣？全身也因為躺了整晚的地板，覺得快散了，而吳美櫻卻還在打呼。

我好不容易站起來，踩過吳美櫻，跑去吞了兩顆頭痛藥，喝完一瓶水，才覺得自己重生了。

但心裡的那個掛念還在，我再次打開陽台門，看向對面街道，只有零星的人在移動，仍舊沒有看到那個老奶奶，要不是吳美櫻的打呼聲太過真實，我真的覺得昨晚根本都是我的想像。

突然有人拍了拍我的肩膀，我很沒志氣的大叫出聲，轉過頭去，比鬼還可怕的吳美櫻也因為我的叫聲瞪大眼睛，可憐兮兮的說：「我想喝水，妳幹嘛嚇人啊。」

我氣急敗壞的開罵，「就去喝啊，還要我幫妳倒嗎？」她大小姐居然給我點頭，然後又哭出來，說：「保羅早上都會幫我倒水。」

我深吸口氣，去倒了杯水給她，然後很嚴肅認真的跟她說：「吳美櫻，這已經不知道是妳第幾次失戀，妳給我振作起來，不要每次失戀都在那裡要死不活，沒事！妳死不了，看看妳換男友的速度，妳對得起妳的眼淚嗎？」

就在我罵到情緒高昂之際，我的手機響了，我只好把想罵的話再吞回去，接起手機，是春節特別節目的製作人打來的，他告訴了我另一個噩耗，「不好意思啦，也不知道為什麼，可能是水逆吧，這星期錄的檔案全都給我出問題，可能需要妳過來重錄，妳什麼時候方便？下個月要出新書了對吧？怎麼辦呢，但沒補錄就死定了……」

看著眼前的美櫻還在哭，手機另一邊的製作人也講到快哽咽了，原本我昨天還在高興不用再去電視台，結果樂極生悲就是在說我，我只能告訴製作人，「我這星期還有些空檔。」

製作人瞬間沒有了哭音，開心的對我說：「沒問題，我馬上安排，妳這星期時間都留給我，感謝妳了，那妳今天可以再來錄一下祝賀片頭嗎？」

我當然只能說：「嗯，可以。」製作人不停的向我道謝，為了怕再這樣下去沒完沒了，我只能在說完再見後馬上掛電話，接著放下手機，隨手丟了一條浴巾給吳美櫻，「去洗澡，工作還沒結束。」她抹抹眼淚，沒有靈魂般的移動著。

我是那種已經習慣失戀的人，從原本的哭兩年，到哭半年，一直進化到不太會哭，而且可以馬上工作的狀態，所以我總是想不懂，為什麼美櫻每次失戀都可以痛成這樣，她和保羅在一起也才三個多月！

我真的雙手合十，閉著眼向天祈求，「天公伯啊，請祢給我的助理美櫻更多應付感情的智慧，懂得消化失戀的痛苦……」

但這祈求好像沒有效，接下來連續五天，我都在跟天公伯拜託，但吳美櫻還是跟行屍走肉沒兩樣。

天公伯是不是放棄美櫻了？

她每天就是一副死樣子，來重錄已經很痛苦了，不只要看她這一臉昭告全世界「我失戀」的表情，我還要回應其他人的關心。

「那個……美櫻又失戀啦？」

「赫拉老師，美櫻還好嗎？」

就連錄完今天的部分，準備離開了，製作人也來摻一腳，開玩笑的對我說：「要幫美櫻介紹男朋友嗎？」

我微笑回應製作人，「不用，先確定錄完的檔案都沒有問題比較重要。」但心裡最想說的其實是，「賣鬧了，恁祖罵真的無法再錄第三遍了。」

製作人馬上說：「都有備份，妳放心！明天再來補錄一小段就行。」

「太好了。」我終於可以少看一些死樣子了。

因為不只美櫻，重錄的這幾天，錄影時要面對江海，聽他一本正經的講幹話，我真的是很想吐，有些人雖然沒殺人放火，但小惡和投機更讓人討厭，害我都會忍不住嗆他，然後他就要來我休息室找麻煩，我真氣我自己這張嘴，讓他繼續畫唬爛不就好了？害我還得聽他的瘋言瘋語。

就在剛剛準備下電梯的時候，美櫻說去上個廁所，我在電梯前等她，就碰到江海也要離開，冤家真的路有夠窄，他居然冷笑一聲問我，「妳是不是還愛我？」

我真的好想打醒他，到底哪裡來的幻想？

「你有病嗎？」我說。

「邱星，承認好嗎？都分手這麼多年了，妳還一直針對我，不就是放不下我？想跟我復合是嗎？可以啊，不過妳可能只能當我的小三！」

「去看醫生。」我冷冷回他。

他還給我大笑三聲，然後站到我面前，摸著我的臉說：「妳真的老了耶，三年前細紋沒這麼多，沒人愛真可憐啊，是不是太孤單了，早說啊，我可以去陪妳，畢竟妳的床我還滿熟悉的。」

我笑笑的勾上他的脖子，然後抬起腿，膝蓋直接撞他老二，他痛得跳腳，想罵我還出不了聲音。

就不懂怎麼有人這麼喜歡自取其辱。美櫻上完廁所回來，看到江海彎腰扶著一旁的垃圾筒平復痛感，一臉莫名的用唇語問我，「他幹嘛？」

我聳聳肩，按了電梯，頭也不回，再也不想看他一眼的走進電梯，但到了一樓，電梯門一打開，我又碰到正好要下班的周紹光，他看見我在裡頭，直接退了一步，沒打算跟我們共乘，很好，我直接把電梯按關。

是不是還是那個死樣子？

但沒關係，這些痛苦明天都要結束了，我踏出電梯的那一刻，每一步都是雀躍，見美櫻沒有跟上來，我好奇回頭，就看到她望著手機又在掉淚，我好奇過去，「怎麼了？」

她把手機螢幕轉向我，是一個男子和女子出遊的畫面，「誰？」

美櫻哽咽的回應我，「保羅……」接著嚎啕大哭起來，「才幾天？他就跟別的女人出去玩了？賤人、大賤人！」這次她沒有哭到跟鬼一樣，因為她根本沒有心情化妝，也是萬幸。

我上前抱抱她，她卻突然推開我，滑著手機說：「我要去約砲，姊，我可以下班了嗎？」

「蛤？」

「憑什麼只有他能爽？妳說是不是？」

「不是，妳這樣是賭氣……」

「我沒有，既然他都有新女友了，我為什麼不能有新男友？」

「妳當然可以有新男友，但妳不能把約砲當發洩……」

「約砲就是一種發洩啊！還是妳要一起？我問看看有沒有要三P的。」她說完又開始滑起交友軟體，我馬上制止她，「我不用，謝謝。」

「為什麼不用？妳都沒有需求喔？」

「我有，但我沒有想要約砲。」我到底為什麼要在停車場跟美櫻討論我的性需求？「算了，妳想先走就先走吧，看要去哪裡，還是我送妳過去？」

「不用，不順路，我自己先坐計程車去找我朋友，她們都在酒吧混。」

「好，那妳自己小心，要戴套。」

「我知道啦，我有固定在做檢查的，我很健康，沒有性病，還是妳要看看……」她說完還打算要脫褲子，明明沒喝酒，怎麼看起來那麼瘋？我馬上按住她的手說：「妳給我冷靜。」

她深吸口氣，「那我先走了，我真的很需要發洩一下。」她說完轉身去按電梯。我實在是拿我這個助理沒辦法，雖然她很天兵，但總是很替我著想，也很孝順，家裡的開銷她都會幫忙負擔，所以除了經紀公司給的固定薪水，我都會每月給她補貼獎金，畢竟跟著我，也沒有上下班的時間，有時一個月只能休到三天，我當然得多給她一點。

而且她雖然玩得很凶，卻從來沒有遲到過，也不曾影響工作，這點讓我很欣賞。

電梯來了，門打開，出來的是周紹光，和美櫻錯身而過，美櫻在電梯門關上前不忘跟我說：「姊，如果有不錯的，我拍照給妳，幫妳約啦！如果妳想要三人行，我真的可以接受喔。」

我明顯的感受到周紹光身子抖了一下，我真的尷尬到快死掉，咬牙切齒的對美櫻低吼：「接受妳的頭！」

美櫻看到我生氣，露出難得的調皮笑容，對我揮揮手後，電梯門關上。我轉身準備開車，換我把周紹光當空氣，不想，他突然在我身後說了一句，「噁心。」

我回頭看他一眼，他也毫無畏懼的看著我，我們兩人對峙差不多三秒，他收回眼神，一臉懶得再看我的表情，騎上一旁的重機後迅速離開。我深吸口氣，告訴自己沒關係，明天最後一天了，現在我也知道他的車牌，明天下班離開之前，我一定要刺破他的輪胎。

很久沒有獨自開車回家，我一直很享受開車的時光，但那僅只於我沒有累死的時候，有時一整天忙下來，我都是坐上車就直接睡翻的那種，畢竟年紀也到了，體力真的是我的致命傷，我又不愛運動，能坐就不會站，上次錄節目在測身體年齡，我是五十八歲。

偶爾，我還真希望我五十八歲了，趕快變老，趕快盡頭也是不錯。

突然一台機車在我眼前急停，我差個五公分就要撞上去，我氣瘋了，這條路又沒有什麼車，還是綠燈是在給我急停什麼？我按下車窗，才想罵人的時候，便看到一隻流浪狗像散步似的從路中央走到路邊。

原來重機是在閃狗，接著也跟著停到路邊，我看著車牌號碼，才發現原來又是周紹光。煩人！

但看在他是為了狗狗的份上，我可以不計較這一次，我繼續緩緩往前開，好奇的從後照鏡觀察看到周紹光從包裡拿了麵包在餵流浪狗，眼神和表情都十分溫柔。

此時此刻，可以確定的是，我真的人不如狗。

我把車停到路邊，在他餵狗狗吃飯的過程中，我看著他有時仰天張望，表情閃過一絲哀切、感傷和落寞，那是一雙曾遭遇過某些創傷的眼睛。我無意參與別人的脆弱時刻，那是他們自己的私密時間。

於是我把車開走，但一路上仍不停思索，他到底為什麼這麼討厭我？難道我長得像拋棄他的前女友？還是前女友也叫邱星？還是叫我用了十八年的名字，邱水仙？但又沒有人知道我是邱水仙，畢竟高三時我爸硬把我的名字改掉了，對他來說，邱水仙三個字就等於丟臉。

人是不可能無緣無故討厭某個人的，看你頭髮不爽也是個藉口，至少是個原因，但我想，我恐怕沒機會得知周紹光討厭我的理由。

回到家後，我什麼都不再去想，好好的泡了個澡，接著煮了碗泡麵加蛋。美櫻傳來她在酒吧happy 的照片，問我去不去。明明知道我的答案又愛問的就只有她了。

「姊，妳能不能別這麼孤僻，都沒有朋友。」她又傳來這句話。

我真的大翻白眼。心情好多了，就開始挖苦我是嗎？我哪裡沒有朋友，我也曾經有過很真心的朋友，只是，我先離開了⋯⋯

頓時，朋友兩個字，讓我食欲全消，我倒掉剩下的泡麵，要睡覺前，又忍不住去陽台探了一下，沒人。這幾天來，我都這樣做，但再也沒有看到那個老奶奶的身影，那晚可能真的是我眼花了。

我吃了幾顆藥，讓自己睡覺，好應付明天的煩躁。

可能是整整睡了十個小時的關係，再加上錄影工作真的要告一段落，醒來之後我心情有夠好，美櫻來接我上班的時候，我忍不住問她，「要不要一起去吃聖誕大餐，我們那天就住飯店，好好享受一下，當作新書發行前的小假期。」

美櫻激動得猛舉手，「我要！我要吃大餐！我要住五星級飯店！」

「手給我放回方向盤。」我冷冷的說。

美櫻乾笑兩聲，趕緊好好開車，但很快又垮下臉說：「可是現在訂得到嗎？很快就是聖誕節了耶。」

「我來問看看。」

「對嘛，妳是誰，赫拉耶！如果那個人不讓妳訂，妳就跟他說，你不知道我是誰嗎？」美櫻一臉得意。我真的是很想揍她，忍不住問她，「妳是不是經常幹這種事？妳該不會都打著我的名號去訂位？」

美櫻瞬間收起笑臉。這個反應給了我答案，我真的不管她有沒有在開車，直接往她手臂打去，「妳實在很夭壽耶。」

她哀怨的說：「只有兩次啦！真的，我發誓，而且我說我是赫拉的助理，沒有說妳啦！」

「下次不准！」

「知道啦。」

我迅速傳了訊息給曾經合作，一直有保持聯絡的飯店主管，問看看是不是還有機會訂房訂位。她也很快的回覆我，餐廳還有包廂，房間還有總統套房，如果是我可以打折，但這樣算起來也是要幾萬塊，我不免有些退縮。

在我猶豫的時候，我收到我爸傳來的 LINE，是一張訂製西裝的明細，價格五萬八；皮鞋明細，價格一萬三；再來是他買了一個不知道什麼玉的擺飾，說是要送給姑姑女兒小雲的男友的上醫大賀禮，價格一萬二；還有一套茶具，價格八千……後面傳的，我都快速滑過，最後我爸打了一句，「明細都在上面，別說我亂花錢。妳大伯父的祝壽金要記得匯。」

我傻眼，我那天匯的十萬有包含祝壽金的啊，就這麼瞬間又沒了。

我深吸口氣，回覆飯店主管，「幫我預訂，感謝。」

我爸都這樣花我的錢了，難道我不能花我自己賺的？我所有的名牌全是二手貨，有時還買美櫻不要的，因為我清楚自己算是公眾人物，我可以不用到多光鮮亮麗，但至少要讓人嚮往，說現實一點，如果我身上沒有讓人嚮往的地方，那我的業配跟代言誰要買？

現實真的好俗氣，我也是。

訂完飯店和大餐後，我又匯了錢給我爸，再一次說服我自己，「沒事，還能用錢解決煩惱，我是幸運的。」接著我又訂了一些蛋糕、點心跟咖啡到電視台，想謝謝這一年來照顧我的工作人員。

我們抵達電視台的時候，正好外送也到了，我和美櫻趕緊到大廳收，兩人提不動，雄哥快步出來幫忙，傻眼問道：「怎麼那麼多啊？」

「就謝謝你的照顧啊，雄哥，謝謝哪，這一年。」我們邊搬進去邊聊著。

「三八啦，妳才照顧我呢，我女兒學校也是妳幫忙喬的啊，還幫我太太簽那麼多次名。」

「這又沒什麼！」我拿出潛艇堡給雄哥，「雄哥，你愛吃的牛肉堡。美櫻，拿一杯拿鐵給雄哥。」美櫻馬上拆開咖啡包裝袋，拿一杯給雄哥，雄哥感動的說：「就妳會記得我喜歡吃什麼。」

我笑了笑，眼神瞄到站在櫃檯，低頭滑手機的周紹光，想起他昨天餵流浪狗的樣子，本來想無視他，但還是拿了一個三明治跟一杯咖啡，放到櫃檯上，「這個給你。」

他抬頭看我一眼，冷冷回絕：「我不要。」

我是習慣他的態度了，但雄哥很怕周紹光會得罪我，連忙勸說：「你幹嘛？邱小姐那麼有心，請大家吃東西……」

「我對咖啡跟三明治過敏，喔，還有她。」他說完看向我。我再說一次，我是滿習慣的，但雄哥跟美櫻直接傻眼。

下一秒，我聽到嘲笑聲，轉過頭去，江海和唐妮不知道什麼時候進來的，兩人見我被羞辱，江海笑得毫不掩飾，唐妮則是一邊驚呼的拉著我，指責周紹光，「你這個人也太沒有禮貌了吧？」

因為唐妮的音量有點大，導致本來沒有發現這裡很尷尬的人，也都看向了這裡，但周紹光完美詮釋了那句「我不尷尬，尷尬的就是別人」，他收起手機，對著雄哥說：「雄哥，我去巡一下頂樓。」接著拿了鑰匙就直接離開。

江海走向我，低聲說：「親眼看到妳被羞辱，怎麼那麼爽啊？」他說完邊爽邊笑的走人，唐妮則是繼續關心我，「小星，妳還好嗎？」

雖然很假，但我比她更假，我微笑回應，「沒事。妳今天也有錄影？」

「對啊，隔壁棚，先走囉。」唐妮說完，還拍拍我表示安慰，接著拿了一杯咖啡走。

雄哥不好意思的對我道歉，「小周就這樣，妳別介意啊。」

「沒事的，雄哥，那我們先上去了，我留幾個三明治跟幾杯咖啡在這邊，等等阿姨她們來打掃的時候，你幫我給她們好嗎？」

雄哥猛點頭，「行，沒問題！」

美櫻分好食物後，我們一起上樓，她對我說：「姊，我有黑道的朋友，要不要幫妳找人打他？」

我笑笑的回答美櫻，「有槍嗎？」換美櫻嚇到。

說真的，我沒有想打他，也沒有想殺他，只是覺得很無奈。

曾經有人說，命中缺什麼的，
就要用名字來補，我想周紹光，會不會是少了一道光？

Chapter 4

Look forward to

臉友 **Kiki**：

老師，我剛跟男友吵架，原因是他說不想過聖誕節，花惹發？是他自己先答應我的，現在在跟我講三小？而且我餐廳都訂了，還付了訂金，他一句，平常是對妳多不好？一定要過節嗎？

這是重點嗎？吃大餐我都願意付錢了，陪我過個節會死？說不想出去人擠人，可是我想啊，我就是喜歡過節啊！交往三年，第一次答應我要過聖誕，現在給我反悔？恁祖罵是有多不值得過節？

親愛的 **Kiki**：

妳絕對值得擁有任何一個節日。

如果妳不是非得要跟另一半過節的人，找朋友一起過也可以，若妳是想要創造兩人回憶，他又是這種態度的話，妳可以想一下，如果妳沒有愛他愛到接下來的所有節日都可以不過的話，那是不是早點找個能陪妳過節的人？

我覺得過日子跟過節一樣，都是生活，不是說非得過節就是一種嬌縱，那是對日子的重視，但另一半無法理解，妳也無法妥協的話，難道每次過節就吵架嗎？

老實說，我不是那種一定要過節的人，但我很喜歡看人沉浸在節日的氛圍裡，會讓我這不過節的人都覺得幸福，就像看到聖誕樹會不自覺微笑一樣，節日就是帶給人幸福的日子啊！過不過節是每個人對節日的價值觀，很多人不都說了嗎？兩人交往還是要找價值觀相同的人，但顯然，這方面你們似乎還沒有共識。

好好溝通吧！祝妳有個妳想要的聖誕節，不管是今年，還是接下來的每一年。

「姊，妳整理好了嗎？」美櫻已經全副武裝，包包背好，該提的提好，一臉只要我說下班，她就會以跑百米的速度衝出去。

我連忙按下送出，接著收起筆電，邊起身說：「好了。」

美櫻馬上去幫我開門，等著我走出去，我像是那隻被趕上架的鴨子，忍不住問她，「妳晚上又有約啦？」

「當然，終於補錄完了耶，一定要去放鬆一下。」

「欸不是，不是我在錄嗎？」她大小姐除了偶爾幫我拿水，都在旁邊滑手機，卻講得一臉好像自己多累一樣。

美櫻乾笑兩聲，「我等妳也花精神啊。」聽聽看她說這種話？如果老闆是別人，真的會叫她回去吃自己，但我這個人就是心軟加慣員工，還很沒志氣的說：「約哪裡？要送妳過去嗎？」

「是不用啦，我朋友會來載我，所以今天要麻煩姊自己開車了，我先陪妳一起把東西拿去車上放再下班。」

「良心發現？」我說。

美櫻邊抗議邊撒嬌的陪我下樓，不知道是不是因為年輕的關係，她的撒嬌總是特別可愛，雖然她離開前，又摟著我說：「我們今天跟竹科工程師喝酒，妳真的不來？」

「不要，我又不會喝。」

「酒量是可以訓練的啊，跟堅強一樣，妳書裡不是有寫？」

「妳少在那邊拿我寫的東西來煩我，去吧！玩得開心點，明天沒什麼行程，妳就放假吧！」

「真的？不是還有個專訪？」

「還不是我在訪？我自己去就好。」

美櫻爽透了，邊歡呼邊大叫的激動離開，真的有夠瘋。

我笑笑的目送她走後，也上了車，下意識的看向周紹光每次停車的地方，他的車子不在，應該下班了，江海也比我早走，不用面對這些人，該歡呼的其實是我。

我久違的開了音樂，把車子當成包廂，五音不全的用力唱著，開到一半時，不知道是怎樣，平常都不會注意的，今天就這麼眼尖的看到那隻被周紹光餵過的流浪狗在路邊走來走去。

我第一個想法是，狗狗吃了嗎？

應該吃了吧？如果周紹光下班路線都會經過這裡的話，應該有餵牠吧？我不時從後照鏡看著那隻狗，還在路邊徘徊，我好像從後照鏡裡，看到狗狗用可憐的眼神說：「我好餓。」

還是其實沒有，只不過是我的錯覺？

但我還是沒志氣的在路邊的便利商店停下，戴上口罩和帽子，買了幾瓶狗罐頭後回到車上，把車開回狗狗旁邊。這是我第一次這樣餵狗，我不確定自己有沒有白雪公主屬性，只要靠近，動物就會過來。

所以我有些緊張，先對著流浪狗說：「小黑，不好意思，我不確定你是不是叫小黑，但我想大家都會覺得這就是你的名字。我們沒見過面，你可能對我很陌生，可是你放心，我沒有要害你的意思，我只是想說你會不會肚子餓，所以我現在開罐頭給你，你如果想吃就吃，不要跟我客氣好嗎？」

流浪狗只是看著我，但我猜牠心裡一定在想，哪來的神經病？

但無所謂，話只要不說出口，就不至於傷人，假裝的和平也是一種和平，我把罐頭打開放下，然後退到一旁，牠馬上就衝上去大吃，不到十秒吃完一整罐。這是餓了幾天？我有點傻眼。

我再開了另一罐，流浪狗馬上又吃完，還想要開時，一道聲音在我身後響起，「要撐死牠嗎？」

我一凜，轉頭看去，是周紹光。

流浪狗好像把他當主人似的，見到他來，上前就蹭他的腳，尾巴搖到快斷掉了。周紹光摸著狗，看著狗說：「牠很愛吃，開幾罐就吃幾罐，不會節制。」他聲音冷到好像我再餵下去，會害狗死掉一樣。

「不好意思，我不知道。」說完我有些後悔，我要也是跟狗道歉，為什麼是跟他說？

不想多待，我收拾狗吃完的空罐，打算離開時，周紹光居然說：「餵狗也彌補不了妳做的缺德事。」

哈囉，我有沒有聽錯？我一年不知道捐多少錢，光是威力彩大樂透刮刮樂，每次買沒有中過半次，都是在做善事，更別說每個月固定捐給邊鄉、罕病、老人關懷的捐款加起來都好幾萬。

我自認我算是非常有愛心的人，活到四十歲，即便為了生活，不停的改變人生的原則，但一直堅守下來的是「善良」二字，他憑什麼說我缺德？

我真的不爽到，手上的鐵罐直接往他身上丟，他也火了，轉頭瞪我，我也不管自己是不是公眾人物，也不管路上還有沒有人，就這麼朝他大罵，「你到底在不爽我什麼？有話直接說，你罵我，也要罵到讓我懂！一杯珍奶讓你生氣到現在？你的度量就這麼小？更何況那也不是我丟你的，你是要氣多久？」

他上前一步，眼神凶狠的說：「妳以為是珍奶的問題嗎？不是！是妳這個人、是妳說的話、是妳寫的那些破爛書！」

我也整個人火了，「怎樣，你女朋友看了我的書跟你分手是不是？恭喜她啊，覺醒了。」像他這種脾氣的男人，早點逃比較好。

周紹光似乎是氣瘋了，抬手就要給我一巴掌，但他沒有，突然冷笑一聲，嘲諷的看著我說：「妳就繼續造孽吧！什麼鬼教主？我等著看妳衰敗的那一天，就算詛咒人會減壽，我也要說，我人生最大的願望，就是希望妳這輩子都會過得很慘！」

我整個人震懾住。

因為他的眼神是真心的，他是很真誠的在詛咒我，面對如此直接的惡意，我完全不知道怎麼回應。他說完，把流浪狗抱起來，放在他重機上頭裝設好的籃子裡後，就騎走了。

我頓時整個人無力的蹲在路邊，久久無法回神，我突然覺得自己好像真的做了什麼缺德事一樣，的確，對某些人來說我是力量，但對某些人來說我是毒藥，我是不是在某程度，干擾了某些人的人生？

很久沒有去看一些社群平台的我，撐起自己，回到車上後，點開了某個最愛罵我的平台，點進每篇罵我的文章，下方留言句句都不堪入目，但是都沒有周紹光方才的力道來得強。

我是不是該舉辦黑粉見面會？讓他們多面對面罵我，這樣我就不會因為周紹光的一個詛咒而感到如此震撼。

我放下手機，呆坐在車上，連開車的力氣都沒有。

不知道發呆了多久，我突然看到那個老奶奶竟在前方不遠處過紅綠燈，我馬上衝下車，要追過去的時候，老奶奶又不見了。

我突然懷疑自己是不是從去拜拜的那天就開始做夢？現在也還在夢裡？最近發生的所有事，都讓我覺得陌生又無法理解，即便自己好像很小心翼翼的走在軌道上，我卻好像不知道被什麼力量拉著，緩緩的偏離方向……

我頓時覺得慌張，迅速的回到車上，加快速度開車回家，好好的洗了個澡，躺在床上，不停逼自己不要再多想，把該做的事做好就好，本來人生就會出現一些不合自己預期的小麻煩。

「沒事的，會沒事的……」我在心裡不停的默念這句。

但突然又從床上坐起來，從皮夾裡找出那個原本掛在我身上的平安符，因為拍照、上節目，常常穿衣服都會露出脖子上的紅線，偶爾業配項鍊時也得拔下來，最後我乾脆就不戴回去，放在每天隨身攜帶的皮夾裡。最近有點小不順，我是不是該把平安符戴回來？

於是我想著想著，就這麼手握平安符，沉沉睡著了。

早上我醒來的第一件事，差點沒對著平安符下跪和流淚，平安符真的好棒，比助眠劑還棒，不得諾貝爾平安獎嗎？沒有這個獎？今天開始增設，我不管！

我就這麼小心翼翼的把平安符放回皮夾，帶著好心情，去做了雜誌社專訪，聊了許多關於女性的議題，雖然我還是維持一貫的說話風格，但不得不說周紹光罵我的那些話，時不時就會從腦海裡的某個縫細彈出來指責我。

「妳就繼續造孽吧！」

「什麼鬼教主？」

「我等著看妳衰敗的那一天！」

我就這麼精神分裂的做完專訪，才剛走出咖啡廳，鞋跟就斷了，周紹光的聲音又在我耳邊響起，「我人生最大的願望，就是希望妳這輩子都會過得很慘！」

我心驚膽顫，連忙告訴我自己，「沒事的，就只是個小麻煩。」

但連續幾天下來，都莫名有些小麻煩，比如合作過很多次的服裝師拿錯衣服尺寸；我寫好的稿子消失在我的電腦裡；從來不便秘的我，已經三天沒有排便；明明只是在路邊準備要上車的那三秒，就被鳥屎滴到；去選給書迷的小禮物，刷完卡後，信用卡不見……喔，還有我爸打來找碴，罵我不結婚，雖然這算是日常，只不過在累積下來的不順裡被放大。

就連美櫻也忍不住說：「姊，要不要再去拜拜，妳最近真的有點倒楣耶。」她看著我剪掉的一束頭髮繼續說道：「到底會有誰黏口香糖在妳頭髮上啊？」

我已經不想回答，不過是去百貨公司參加個活動，走過人群就發生慘事，我起了雞皮疙瘩，周紹光的詛咒成真了，我最近真的太不順了……

不！憑什麼他說我會很慘，我就要很慘？

我深吸口氣，對美櫻說：「不准說我倒楣，就只是剛好而已，沒事的，明天聖誕夜要爽吃大餐住總統套房享受了，接下來只會有好事，我們要正面、要樂觀，吸引力法則有聽過吧？好事會發生，對！從現在開始，不管說什麼，都要用好事會發生來結尾，聽到沒有？」

美櫻大翻白眼，但還是很爽的附和著，「知道了，好事會發生！」

我滿意的點點頭，美櫻開心的接著說：「我好期待明天喔，是不是要盛裝打扮？姊，我喜歡上次妳去參加品牌開幕會，廠商送的那件裙子，可以送我嗎？好事會發生！」

她笑笑的看著我，我有種跳進自己挖的洞的感覺，她不嫌口乾，還繼續說：「還有昨天收到的公關品，我喜歡那組彩妝，謝謝姊，好事會發生！對吧？好事會發生！」

瞧她越說越開心，我沒有想打她，比較想打我自己。就這樣，我被她一句「好事會發生」給搶走了好多東西。

怪誰？怪我自己啊！

全世界過聖誕節最爽的人是誰？就是吳美櫻。

隔天，她就這麼穿著從我這裡挖走的漂亮洋裝、鞋子，用著搶走的彩妝盤化了個大濃妝，喔，還有一瓶全新的 PenHaligon’s 香水，吃著我訂的聖誕大餐，一臉津津有味，「姊！妳說這鴨肝怎麼會這麼好吃？真的好事都會發生呢！」

「花大錢的，怎麼會難吃？」

「也是！謝謝姊，我這輩子真的要死賴著妳不走，就算結婚了，我也要帶著我的老公孩子抱著妳的大腿一輩子。」

我光是想，就完全沒胃口了，三個吳美櫻，不！甚至更多？太噁了，我連忙喝口紅酒壓壓驚，接著美櫻就用一臉有事要拜託的表情說：「姊，我等等可以先出去一下，然後再回來享受總統套房嗎？」

「去哪裡？」我一想，忍不住問：「又約？」

她連忙滑了手機，點開一張照片給我看，「妳說這樣的極品，能不約嗎？」我看了一下，的確很帥身材也很好，重點是滿有氣質的，我有些意外，「這樣的男人為什麼要約？看他的樣子，根本不缺女人啊。」

「是吧！超極品的！說真的，姊，如果是他，妳可以接受吧？」

我開玩笑說：「誰不行？」光看就養眼，出去問十個女人，有九個都會點頭，另一個不說話的，應該是比較喜歡女生。

「還是我把這個機會讓給妳？」

「不用，謝謝。」想跟執行真的天差地別。

美櫻繼續說：「他不是我在交友軟體認識的啦，是朋友的朋友的同學的隔壁學長……」我聽到頭暈，「反正那天一群人一起喝酒，我們就在玩遊戲，要拿出你身邊單身最可惜的人出來比，我一看到他的照片就拜託人家幫我介紹，反正就是透過朋友的朋友的同學約了，說可以出來聊一下，如果他要吃我，我也是百分之百願意的啊！」

等一下，這都不是重點，重點是，「妳拿誰出來比？我對不對？」我再問她，「妳拿哪張照片？」以她的個性絕對會是最醜的那張。

她拿起酒杯，想給我轉移話題，「姊，聖誕快樂！」

「給我看！」我堅持。

她只好緩緩打開手機，點了一張照片給我看。我要不是當下在喝湯，手上拿的如果換成刀叉，真的會見血。她不知道什麼時候居然拍到我在睡覺，張嘴流口水睡姿還有夠差的照片。

我才剛要罵人，她還給我說：「大家都很喜歡耶，說很自然！」算了，氣也沒用，享受的日子，我們不發火。我把手機丟還她，她馬上接住，我冷冷的說：「下次再給我這樣試看看！」

她一臉無辜的說：「妳是我認識最有名的人啊，不拿妳出來說嘴，要拿誰？可是大家都在問妳真的單身嗎？是不是妳條件開太高，他們都很意外妳單身那麼久。」

何只他們，我自己也是滿意外的，「老天爺要讓我在這時候單身，我是能怎麼辦？別說單身了，沒人追才是重點，可能也有年紀了，男人萬年不敗的理想型就是年輕啊。」

「不是啊，至少也會有那些離過婚或是老男人看得上妳吧？」

「我都不知道妳這麼說，是在污名化離過婚的人，還是老男人？他們就沒有喜歡年輕女人的權利？一定只能追我這種？」

「我不是那個意思，我意思是妳怎麼可能沒人追？大家都說我騙人，但我真的沒有騙人啊，妳身旁別說沒有男友，連蚊子都沒半隻！」

「好了啦，開開心心的節日，一定要講這種讓人難過的事嗎？」會不會有一天，我的單身也要降半旗來哀悼？

我其實也真的沒有那麼想要談戀愛，有人陪不錯，沒人陪也不強求，與其談一場兩敗俱傷的戀愛，我倒寧願單身舒服一點，不是放棄幸福，而是選擇另一種讓自己幸福的方式。

比如我吃進嘴巴裡，美味的每一口，都讓我慶幸自己還好有決定要來，能這樣坐著舒舒服服、輕鬆愜意的吃東西，是多麼療癒的一件事。

但有人就是氣氛殺手，吃到一半，美櫻笑笑的拿出包裝好的禮物，對我說，「姊，妳帶我吃大餐，我也是有準備禮物要給妳的好嗎？我真的不是那種只會佔妳便宜的助理。」她說完還得意的挑挑眉。

我把口中的牛排吞了進去，看著包裝精美的盒子，猶豫著要不要收。

但美櫻直接把禮物推到我面前，看到她充滿期待的表情，我實在是拒絕不了，只好先收下來，微笑回應，「謝謝。」

但這樣對她來說不夠，她一臉期待的追問：「妳不打開嗎？」

「我回家再開。」

她撒嬌的說：「現在開啦！我選很久耶。」

這些場景跟台詞都似曾相識，但每次打開都讓我無言，我真的要在這麼美好的夜晚，再一次承受無言？

「快點啦，妳一定會喜歡的，我特別挑的！」她說得斬釘截鐵。

所以我可以期待，這次的禮物，跟過去的生日禮物，還有什麼過年賀禮那些都不一樣嗎？我真的可以這麼貪心的奢求嗎？

我掙扎了約莫十秒，才緩緩將盒子拆開，我發誓，很少流手汗的我，滿手心都是汗，直接拿出禮物本體，我才知道我沒有失望。

吳美櫻的死樣子果然沒讓我失望。

她尖叫歡呼，以購物台主持人的口吻，快速的介紹她的禮物，「是不是觸感很好？十二段變頻、智能加溫、絲滑觸感一滑到底、全自動感應，可配合身體節奏，速度驚人，深層刺激，使用ＵＳＢ磁吸式充電，全新改良版第三代，爽爽精靈按摩棒！」

吳美櫻還興奮的補了一句，「還是粉紅色的喔。」

我此生最恨粉紅色大概就是這個時候，我直接放回去，繼續低頭吃飯，卻突然一點胃口也沒有。我深深深呼吸了好幾次之後，還是忍不住嗆她，「妳到底要送我幾支？」不管我是不是單身，她就是送我這個，她說有男友當情趣用品，沒男友就當男友用。

「我還有沒拆開過的！」我是要開按摩棒博物館嗎？

「我就叫妳輪著用啊！」她還一臉我不成材的表情。

我真的無言以對，「我一星期每天用都輪不完！我拜託妳不要再送我這個了，可以嗎？妳的好意我心領，但我真的用不了那麼多……」

我說到一半，美櫻的手機響了，她看了一眼手機來電顯示，接著很緊張的跟我說：「姊，是保羅，我該接嗎？」

我才剛要回答的時候，她已經接了。

對！不管我說要還是不要，她就是會接，吳美櫻就是這樣，只要男人回頭，不管爛不爛，她都會回收，世界環保。

聽她嗯了幾聲後，居然很快就掛了，這倒是讓我有些意外。她抬頭氣到不行的對我說：「姊，他說不想花運費寄我的東西，叫我現在去拿。他怎麼不去死啊？」

「冷靜，不詛咒別人好嗎？」

「反正我現在先去拿我的東西，然後找大帥哥打一砲再回來！」她說完就直接起身，氣沖沖的走人，連甜點都沒吃。

頓時，包廂只有我一個人，變得好安靜，我吃了幾口甜點，再把酒杯裡的酒喝掉後，決定先上樓好好的泡個澡。

就在我走出包廂時，我馬上想到美櫻送我的禮物沒拿，這要是忘了帶走，真的不知道又要鬧出什麼新聞。我連忙回頭拿，把盒子蓋好，再次打開包廂門時，對面的包廂門也打開了。

走出來的人，是我的初戀。

我看著他，但他可能忘了我。

是我開了眼頭、墊了鼻子，所以他不認得我？還是那年我才十八，已經過了二十幾年，我早就不在他的記憶裡？

可是，和他相愛的記憶，直到今天，我還記得清清楚楚。

高三那年，他是隔壁學校的數學老師，我爸也曾希望我很會念書，考上好大學，這樣就能跟他兄弟姊妹的孩子一樣，以後當個醫生還是律師之類的，偏偏我功課很差，於是他讓我去補習，還要求我媽，找一個小班制的，最好學生人數三個人以下，這樣我才容易被照顧到。

於是，我媽找到了他，我就去上課了，三個學生就我一個女生，老師對我特別照顧，他很溫柔、體貼，和我爸是全然不同的類型，我爸是會先把自己喜歡吃的東西吃完，剩下的才留給我跟我媽；老師請我們出去吃東西，則是永遠讓我先挑。

我才知道，原來我是有選擇權的。

我就這麼喜歡上了老師，現在回想，要說是崇拜的成分大一點，我也承認，但那種心動的感覺不會騙人。有一次，明明停課一週，但我卻忘了，還是去了老師家報到，老師並沒有要我回家，而是帶著我重新複習了一次題目，我忍不住在老師講解三角不等式的時候，吻上了他，而老師也沒有推開我。

我就這麼和老師戀愛了。

那種避開其他兩個同學耳目的戀愛，在青少年時期更顯得刺激，我根本無心念書，想的都是老師，結果成績不進反退，我爸氣得來找老師退費，卻意外看到我和老師抱在一起，我爸氣瘋了，差點沒當場殺了老師。

後來我被帶回家，我爸用水管抽我，我隔天連下床都很困難，但我還是只要老師，我趁我爸不在的時候，打去老師家，但他沒有接，我只能在電話答錄機留下語音訊息，告訴他，我只想跟他在一起的決心，請他帶我走，但老師沒有任何回應。

我爸知道我偷用電話，再次把我打得半死，我就躺在床上三天，不吃不喝，哭到雙眼模糊，我媽也跟著我哭，告訴我全校都知道我跟隔壁校老師在談戀愛，校長希望我暫時休學，甚至還說我爸氣到決定帶我回台中。

我怎麼肯？

我趁深夜溜出門，但身上沒有錢，連公車都坐不了，只好徒步走到老師家，我按了門鈴，做好撲向老師懷抱的準備，但走出來開門的不只有老師，還有另外一個女人，她直接就往我臉上呼了一巴掌，「年紀輕輕就當狐狸精，搶人家未婚夫，要不要臉？妳爸媽還讓妳半夜出來找男人，有沒有家教？」

我臉不痛，看著老師站在未婚妻後面，不敢抬頭，話也不敢跟我說的樣子，我的心比較痛，我從來就不知道他有什麼未婚妻，他也沒有提過，我等著他能說些什麼都好，但他始終沒有開口。

「還不走嗎？難道要我報警？」那女的推了我一把，朝我大吼。

這時老師才有了反應，拉住她勸道：「好了啦，別再鬧大了……」

「還不都是你！」未婚妻生氣的也給了老師一巴掌，他卻沒有反抗，不知道是在替自己的感情出軌贖罪，還是他原本就這麼膽小。我的心痛變成心酸，我不需要他再解釋什麼了。

我轉身離開，一回到家，我爸拿著水管坐在沙發上等我，免不了我又挨了一頓抽，但我已經被打到毫無感覺，只是抬頭問我爸，「什麼時候回台中？現在可以嗎？」

還記得我爸當下錯愕的表情，他以為我是被他打乖的，其實根本不是。

後來我又回到了台中生活，我爸在我去新學校之前，馬上給我改了名字，他告訴我，「不准妳再告訴任何人，妳叫邱水仙，妳是邱星，聽見沒？」

我開始用我的新名字過日子，但我根本不知道邱星是誰。

此時此刻，站在我眼前的老師，提醒了我是邱水仙的那段過去，老師和以前比起來，只是頭髮白了一些，臉上皺紋有了一些，但仍舊是那斯文好看又帶著溫柔氣息的男子。

他率先走了出來，後頭跟著另外一個比我年輕的女人，她勾上了他的手臂，親暱的靠在他的肩上，在他脖間磨蹭，兩人背影看起來像是情侶般要好，我則是呆站在包廂門口，不停的被往事朝心頭痛打。

這個男人，根本不知道我因為他，是多麼痛苦的活過來。

對他來說，我的痛苦只是吹過他臉上的一陣風，那麼的微不足道，他知道他自己曾讓一個女孩失去義無反顧去愛的勇氣嗎？

我苦笑，我怎麼會問這種問題？他怎麼會知道呢？他的女伴不是當初的那個未婚妻，我也不知道他們後來有沒有結婚，我現在只知道，他自始至終就是個王八蛋而已。

我很難過，我好心疼邱水仙。

趁著眼淚還沒滾落下來，我趕緊拿著包包和禮物，逃離人多的餐廳，只想回到房間大聲痛哭，哀悼那個死去的邱水仙。

我努力低頭往前走，希望不要有人認出我，沒想到，我忍著眼淚，走到一半的時候，居然看到周紹光就坐在眼前的雙人桌，桌上有菜餚，卻只有他一個人，這是什麼狀況？

我沒有答案，也沒有心情知道答案。

偏偏他抬起頭，正好也看到了我，我們兩人對視三秒，他馬上低下頭，繼續無視我，我也習慣的不想管他，打算往前走時，我竟看到他對面的位置上，放了一張照片。

而他似乎也驚覺還有照片的存在，連忙起身伸手要拿走。瞬間，我的心抖了好大一下，照片上的女生我認識！我下意識的伸手抓住他，他憤怒的甩開我的手，把照片收進口袋裡。

但沒有用，我已經知道是誰了，我看得清清楚楚……我無法置信的問他，「你是潔柔的男朋友？」

他深吸口氣看向我，眼神像是想殺了我似的，惡狠狠的說：「妳怎麼還好意思喊潔柔的名字？」

「我為什麼不能喊她名字？周紹光，我再問你一次，你真的是潔柔的男朋友嗎？」如果他說是，我會奮不顧身的衝上前狠狠揍他，因為他的愛玩，讓原本因工作不順的潔柔，更加憂鬱，我不能說潔柔會離開全是他害的，但他要負上一點責任！

他冷冷的回我，「關妳屁事！」

看他這樣的態度，我整個人更火大，上前攔住他，他卻狠狠的推了我一把，我整個人跌坐在椅子上，手上的東西也全落到桌上，美櫻送我的按摩棒就這麼跌出來，掉到濃湯碗裡。

周紹光看看按摩棒，再看看我，用前所未有的鄙視眼神和口氣說：「真想讓妳的書迷看看妳現在的樣子。不准妳再喊潔柔的名字，她是妳害死的，妳這個殺人凶手！」

他說完直接走人，服務生連忙過來詢問我，「赫拉老師，妳沒事吧？」

我還來不及反應周紹光說的一切，只先看到濃湯裡的按摩棒，用著迅雷不及掩耳的速度，連碗帶棒的，直接把那碗濃湯放回禮物盒裡。該死的粉紅色，從此成為我此生最恨的顏色。

服務生看著我的舉動，有些傻眼，我只能扯謊，「這是我助理送我的洗臉機，我拿上去整理一下，再把碗送下來，真的不好意思喔！」

因為我跌在椅子上，再加上服務生的關切，原本想要低調的我，瞬間被認出來，我從來沒有那麼驚慌失措，但我沒有慌亂的本錢，我快步離開，但已經有些熱情的粉絲跟上來想要簽名，幸好服務生幫我擋住。

我快速閃進電梯，按了樓層，然後趕緊逃進房間，一關上門，整個人無力的坐到地上，禮物盒又炸開了，那碗湯還灑到我身上，真是世界狼狽。

我以為我人生最混亂的時候，就是那次半夜從老師家走回去。

今天應該可以跟那天並列我人生最無助的時刻第一名，回想從我離開包廂，到遇見周紹光、和他起了爭執，再加上按摩棒掉到湯裡，我整個人越想越感到焦慮，好擔心我和周紹光拉扯的時候被大家發現，更害怕大家看出那個粉紅色的東西是按摩棒。

我真心覺得這次可能換赫拉的人生要結束了。

身上一直傳來的濃湯味，讓我思緒更加複雜，我迅速洗了個澡，換上浴袍，叫了 room service 送上幾瓶紅酒，現在除了買醉，我不知道我還能做什麼。

準備開喝前，我還是忍不住打電話下去餐廳，詢問服務生，有沒有造成他們的困擾，但實際上是想打探消息。

「真的很抱歉，那個碗已經請人送下去了。」我說。

「沒關係的。」

「不知道我上來後，餐廳那邊……」

「沒什麼事，赫拉老師別擔心。」

「那就好，謝謝你。」

「不客氣，如果洗臉機壞掉，飯店這邊也有提供洗臉巾，需要的話，再請人幫妳送上去。」

我聽他說得如此真切，他真的相信那是洗臉機，我頓時好想跳起來歡呼，沒事的，我就說了一定沒事的！我壓下雀躍的心情，不知道說了幾次謝謝後，才掛掉電話，至少，現在少了按摩棒的事讓我牽掛。

我喝著紅酒，想著和周紹光第一次碰面至今，他對我的種種敵意，再加上他剛才說我是害死潔柔的人，我真的是滿肚子說不完的委屈，明明是他花心，怎麼好意思表現出一副女友離開，難過到無法好好生活，只想與所有人保持距離的可憐感？

他怎麼好意思？

我氣得對空中發火，「你怎麼好意思？」然後喝掉一杯紅酒。

今晚實在發生太多事，讓我整個人處在一種煩躁又難受的情緒裡，始終無法發洩，我只能等著美櫻回來，想告訴她所有的事，請她跟我說說廢話都可以，我討厭自己失控的樣子。

我就這麼邊喝邊等，酒量不好的我，吃飯時已經喝掉一杯，上來房間又喝了好幾杯，我覺得我好像要昏過去了。

然後，我就真的昏睡了。

這個晚上，不知道是不是被那根按摩棒嚇到的關係，我居然做了春夢，那夢好朦朧，有道好聽的男聲在我耳邊不知道說了什麼，他身上的溫度碰在我的皮膚上，我感到前所未有的溫暖，或許是想逃避那讓人窒息的煩悶，我整個躲進了夢裡……

這世界上，唯一不會消失的，是眼睛一張開就要面對的，現實。

Chapter 5

Continued……

臉友咪寶：

天啊，赫拉，我昨天居然不小心跟別的男人上床了，怎麼辦？我該坦白告訴我男友嗎？我眞的喝得太醉了，一不小心就……

親愛的咪寶：

坦誠的話，要不是分手，就是很快會分手。

妳要自己想清楚，如果妳很愛妳男友，還打算要結婚的話，請妳把這件事吞進去，寧願便秘三十天都不能拉出來，絕對不能，就算有人對妳嚴刑拷打，妳死都不能承認，不然這就會變成一根妳男友心中拔不掉的刺。

但說眞的，我還是很不能理解，怎麼會有不小心這件事？要是我的另一半這樣告訴我，我眞的不會放過他。

不小心三個字是說服不了任何人的，希望這樣的不小心，不會再發生，好好對待妳的男友，無論如何，妳還是傷害了他，只能更努力用心彌補妳的失誤！

記得，我曾這樣罵過我的粉絲，但現在看來，我一點罵人的資格都沒有。

當我一覺醒來，發現自己正躺在某個男人的懷裡，我馬上摀住自己的嘴，很怕我下一秒就會驚慌失措，然後放聲大叫……不！不可以，在沒弄清楚一切之前，我得要靜觀其變。

有必要的話，裝睡……不！裝死我都可以。

難道我仍在昨天的夢裡？還沒醒來？

下一秒，室內電話鈴聲毫不客氣的提醒我，這不是夢，我真的和某個男人上床了，而那個男人正接起室內電話，用著好聽的聲音回覆，「好的，我知道了，謝謝！」

我繼續裝死。

感受到他下床，我才微微睜開眼睛，就見全裸的他套上內褲跟短褲，接著往門口去。他要走了嗎？那真是太好了！不管他昨天是怎樣走錯房間，還是我喝到瘋，隨便去外面拉一個男人進來吃掉，都算了！

我如意算盤才剛打完，就見他推著餐車進來，我的算盤壞光光。

方才那通電話應該是房務部打上來，提醒餐車在外頭走廊。

我一聽見腳步聲往床這裡來，馬上又閉緊眼睛，希望這輩子都不要再張開。但這位男子好像並不這麼想，他輕柔的在我額頭上一吻，說：「起床了。」

可以不要嗎？我不要！

我聽見他的輕笑，接著吻了我的唇，以為我睡美人？這對我來說太親暱的動作，是要有愛才能如此自然的事，但我們沒有！

所以我整個人驚跳起身，當然有包著床單。他見我驚慌的樣子，先是嚇了一跳，接著又笑了出來。我看著他的臉，似乎有些印象，好像在哪裡看過，但又沒有看過。就在我努力回想的時候，他突然說：「別緊張，妳是不是忘了昨晚的事？」

廢話！

我很想這麼說，但我不能再這麼像沒見過世面的失控女子，好歹我也四十了，大風大浪也多少見過，我得像赫拉一樣堅強、獨立、什麼都不怕才行。

我深吸口氣，對他說：「抱歉，我想先穿個衣服。」

「Sure！」他點點頭，拿了自己掉落在地上的衣服要離開，替我關上臥房門的時候，還給了我一個安撫的笑容，但什麼都安撫不了我，我真的很害怕等等出去問清楚後，會無法承受。

我一邊努力拼湊昨晚的印象，一邊穿好衣服，但事實證明，不會喝酒的人，就不要亂喝，我幾乎是失憶了，完全想不出來，唯一記得的是，我確實和他上床了。

我走了出去，桌上已經擺好早餐，但我根本一點食欲也沒有。

我直接坐到他的對面，他倒了杯咖啡給我，「要糖嗎？」我搖頭，但我的搖頭不是只針對糖，而是整杯咖啡、整個我完全記不得的晚上……

等等！

美櫻呢？她不是說要去跟保羅拿東西，然後跟約好的對象打個砲就會回來？結果怎麼連她也不見了？到底是怎麼回事？我不能理解的看向眼前的男子，看著他的臉，越看越面熟，接著我整個人倒抽口氣。

我想到了！

這個男人不就是美櫻昨晚給我看的照片上的人？她說要去和他打一砲，怎麼最後會變成他在我的床上？搶別人砲打會不會有什麼報應？我是不是太對不起美櫻了，她都失戀了，結果我還奪走她的快樂……

可能是我的表情說明了一切，眼前男子口氣溫柔的安撫著，「妳別緊張……」

我怎麼能夠不緊張，「那個你……我們是……」我試著詢問，卻不知道怎麼從頭問起，這一切都非常的荒謬。

「昨天我跟美櫻有約，後來她把我帶來這裡，來的時候，妳在喝酒，我們有跟妳打招呼，妳記得嗎？」

我搖頭，鬼才記得。

他輕嘆一聲後繼續說：「我們還一起聊天。」

Shit！是聊什麼？我該不會失態吧？我真的他媽的一個字都想不起來。

「後來美櫻突然說有事就先走了，要我陪妳……」該死的吳美櫻，居然把我丟在陌生人手上，還是喝醉的時候，我真的要炒了她才對。

可能看我表情難看，他非常內疚的向我道歉，「抱歉，我真的不知道妳會醉到什麼都不記得，我發誓昨天晚上我們是彼此都有意願，才發生關係的，甚至，妳還說要和我交往……」

我即便什麼都沒喝，喉嚨乾得要死，還是被那一滴滴的口水給嗆到，咳了好幾聲。他連忙過來幫我拍背，還幫我倒了溫水。我為了活下來，連忙灌下那杯水，好不容易順了氣，抬頭看到他的臉就在我的眼前，我還是尷尬的退了退。

他感覺到我的不自在，馬上回到自己的位置，苦笑說：「小星，雖然妳都不記得了，但我還是希望妳昨天說的那些算數……對了，我叫 Ken，妳可能也忘記了。」

他居然叫我小星？

我看著他帥氣的臉，拿他的長相問十個路人，會有十個叫他帥哥，目測他頂多二十八歲，怎麼會叫我小星呢？

我清清喉嚨，「Ken，你知道我比你大很多歲嗎？」

「我知道，老實說，我本來就是妳的粉絲，我真的很意外，美櫻居然是妳的助理，想說聖誕節我也沒有人約，她找我出去喝茶，沒想到居然可以碰到妳，妳的每本書我都有看……」

「不可能！」我直接回他，我幾乎沒遇過幾個男粉絲，男生不會看我的書，他們只會恨我宣導單身萬歲、女人就是要靠自己，就好比周紹光……

他見我說得如此堅定，笑了出來，接著拿出手機，滑到他預購我新書的紀錄給我看，我有點震驚，接著他又滑了一些照片，他書櫃裡有我的書，還有在海邊看書的畫面，我真的有點傻眼，忍不住問他，「你應該喜歡男生吧？昨晚是不是有什麼誤會？」

他居然坐到我身邊，笑得眼角彎彎的說：「要不要試試看是不是誤會？」他在撩我。

太久沒被撩的我，確實有點暈，但我很快便回神，「不用了，不管昨天晚上我們做了什麼，都留在昨天晚上吧。」

他看我一臉沒得商量，點點頭，「的確，昨晚的事留在昨晚，但我們可以從今天開始。」

什麼意思？

他笑笑的繼續說：「我看妳好像很緊張，我先離開，我不想讓喜歡的人感到壓力，妳趕緊吃早餐，我們再約。」

蛤？

「那個……我的意思是……」

他打斷我，「不要擔心，我不是那種上了床，就一定要逼妳跟我在一起，妳可以拒絕我，但我也有追求妳的權利，不管妳大我幾歲，我都可以叫妳小星！再見，小星，很開心認識妳！」

他朝我揮揮手後，帥氣離場，以他的條件，隨便開個 Youtube 頻道，坐在那裡吃東西都會紅！

但我沒有心情欣賞他的帥，此時此刻，我只想打電話罵吳美櫻。

我很快就撥通她的電話，她大小姐居然還在睡，她怎麼睡得著？她怎麼敢？她怎麼好意思？我真的朝話筒大罵，「吳美櫻，妳是不是瘋了？妳怎麼可以隨便把我丟給別人？」

「他又不是別人，他是妳男友啊。」她居然還敢這樣回答我。

「妳在亂講什麼？醉話妳也信？」

她感受到我的怒意，整個人完全醒了過來，然後告訴我，「但妳昨天一直保證妳很清醒耶，妳拉了 Ken 就要去登記，是我阻止妳，妳才說，那 Ken 先當妳男友。為了怕妳後悔，我還錄音！」

「妳是不是瘋了？」我氣吼。

「先別管我有沒有瘋，妳告訴我，妳昨晚有沒有很開心很爽快很陰陽調和？現在整個人有沒有神清氣爽？我跟妳說，要不是保羅故意用拿東西當藉口，想找我和好，Ken 我真的不會放過，帥又身材好，我想說不能只有我跟保羅撞破花瓶，既然 Ken 也單身，乾脆帶他去跟妳認識，只是認識！誰知道妳在喝酒，一看到我們就拉著一起喝，然後一直抱著 Ken 不放，那種場面，我能不成全妳嗎？」

美櫻這麼一說，零碎的記憶好像緩緩拼湊了起來，我的腦子不停閃過各種我抱住Ken的畫面，我真的丟臉丟到一個極致。

「我要不要引退算了？」我說。

「妳確定妳賺夠錢給妳爸花了嗎？妳確定可以忍受妳爸三不五時打來，問妳為什麼不紅了嗎？妳不是才跟公司再簽三年約嗎？」這時候的美櫻會變得特別精明。

「閉嘴。」

「妳快說啦，Ken 是不是很棒？哇，二十六歲的肉體呢，妳多久沒吃到這麼補的了？」

「靠！」我真的無法克制，整個人跳起來，我居然做出這麼不要臉的事？我跟他差了十四歲耶，我怎麼可以這樣？天啊！我怎麼那麼沒有良心？

我無法承受的掛掉電話，把手機一丟，我發誓，從今天開始，我絕對滴酒不沾，連什麼薑母鴨、燒酒雞這些，都不會再碰了，任何含有酒精的食物，這輩子絕對不會再進我的嘴巴！

太可怕了，我十四歲的時候，他才剛出生……

我喝了酒，居然整個泯滅人性，然後那個 baby 居然還說要跟我在一起？還說喜歡我？他是不是也還沒有酒醒？我真的氣到再打給吳美櫻，「妳真的是瘋了，二十六歲還要介紹給我，他還比妳小兩歲！」

「愛又不分年齡，天啊，妳不會這麼老古板吧？」

我為什麼要打給美櫻？我這不是自找罪受嗎？增加自己可能因為過於氣憤，殺人滅口而被抓去關的機會，我再次掛掉電話，真的好想去撞牆，無法原諒酒後亂性的自己！

我需要離開這裡，離開這一切的回憶，不然我覺得自己就要窒息而死。我迅速的退房，櫃檯人員非常親切有禮，各種詢問和關心，還希望我能幫忙簽名，但此時此刻，我只想躲回家裡。躲回我的殼，我需要冷靜一下。

我火速開車回到家，坐在沙發上抱著頭，不停告訴我自己，「沒事的，就一個晚上……不會有什麼問題的，現在這年頭，一夜情不是很常見嗎？是有什麼好擔心的？別那麼弱好嗎？」

對！再怎麼有年齡差距，也只是一場男歡女愛，擔心什麼！

我笑了笑，好像放下心中的石頭，但下一秒，又有另一道聲音在我腦海裡響起，「妳什麼都不記得，如果被拍性愛影片還是照片怎麼辦？對方拿這些東西威脅妳怎麼辦？男人的嘴，騙人的鬼，妳都這把年紀了，該不會相信 Ken 說喜歡妳是真的吧？妳這年紀暈船說出去會被笑死！」

我頓時倒抽口冷氣，壓根沒有想到如果被拍會怎樣，我突然全身發冷，完全不知所措，可怕的聲音再次響起，「而且妳也不知道他有沒有戴套，萬一 Ken 有病怎麼辦？然後妳去看婦產科被拍到，妳覺得會出什麼新聞？」

我直接轉頭撞牆，對於無法控制的各種可能性，不安至極。

突然，我的手機傳來訊息聲，我有氣無力的拿起手機一看，是陌生的電話號碼，本來以為是什麼廣告訊息，但我眼尖瞄到了第一句摘要，「到家了嗎？我是 Ken……」

我整個人又徹底醒來，從要死不活，再次變成膽顫心驚，整顆心臟好像衝到喉頭，我顫抖著點開閱讀完整的訊息，「到家了嗎？我是Ken，妳放心，我不是那種會偷拍的人，我手機裡絕對沒有任何照片、影片。還有，我有戴套，妳不要擔心，我真的不知道妳會完全沒有記憶，如果知道的話，我一定克制住自己，免得讓妳擔心受怕，我真的很抱歉。」

他還用螢幕錄製影片給我，是他滑著自己手機照片的內容，還刻意點進刪除的檔案夾，確定裡頭沒有我的任何照片。

看完訊息，我真的整個人鬆了一口氣，掐在我脖子上的手，像頓時消失了一樣，我虛脫的躺在沙發上，總算能正常呼吸，然後不停警告自己，以後絕對不能讓這樣的事再發生。

半晌，我才突然坐起身想著，「不對，Ken 怎麼會有我的手機？」

我一秒就想到罪魁禍首，然後她也很識相的剛好打來，我馬上接起，惡狠狠的問她，「妳怎麼知道我正想罵妳？」

「我真的來讓妳罵啦，我要進去囉。」

接著，美櫻就開了密碼鎖進來，一臉討好，還提了一堆食物，「姊，妳還沒吃東西吧？」

我不理她，她東西放下，馬上來跟我撒嬌，「不要生氣啦。」

「妳連我手機都隨便給出去？」

「我是真的覺得 Ken 很有誠意，而且人很誠懇，我才給他的，我們認識這麼久了，我有把妳手機隨便給過別人嗎？沒有！Ken 剛打給我，跟我聊很久，他一直很擔心妳的狀況，他說妳好像真的嚇到了，我就把他的身家背景全都打聽過一次，他自己創業做選物電商，父母在他小時候就車禍過世，撫養他長大的爺爺不想造成他的困擾，自己去住在療養院，也就是——妳的愛情路不會有任何阻礙！不會有爸媽拿著裝錢的信封要妳離開兒子，更不會有人反對你們姊弟戀！姊，拜託，不要在乎年齡，妳光看 Ken 這個人就好，妳不覺得很適合嗎？」

我白眼翻到天邊，「妳是認識他多久？馬上就覺得我們適合了？」

「好好好，就算需要時間，那妳也給人家一個機會，也給自己一個機會好嗎？好不容易有對象了……」

我直接打斷她，「不要再說了，從現在開始，就當沒有發生過這件事，妳也不要再提，聽見沒有？」

「這樣很可惜耶……」她還想再說，我直接瞪去，美櫻只能噤聲。我打開她帶來的食物，某種程度也是一種原諒，她馬上開心的幫我張羅，「我去排隊幫妳買的，妳最愛的豬腳飯加半碗辣椒！」

放鬆下來，我才覺得自己快要餓死了，於是我拚命的吃，把美櫻買來的所有東西全部吃光，然後美櫻突然說：「要不要再去廟裡拜一下月老？妳看上次那個阿嬤叫妳買紅線，結果妳就有桃花了；再去買一條，搞不好妳今天就嫁出去了！」

「我沒有想要嫁。」

我現在對於婚姻幾乎沒有期待，我覺得照顧人實在太累了，被一個人予取予求的感覺，真的很差，對於付出，我深深感到疲憊了，我只想照顧我自己就好，不想再負責任何人，即便是丈夫。

要不是我爸還需要花錢，我可能就只會寫寫自己想寫的東西，平平靜靜的過日子，做自己想做的事。

「妳的人生真的很無趣耶。」

「是啊。」

我承認，而且我也是個無趣的人，我把我的有趣用在工作上就夠了，除了工作以外，就只想靜靜生活，有什麼不對嗎？非得要跟別人一樣把ＩＧ限時動態條發成像條碼那麼多，才叫人生？

我再提醒她一次，「好了，妳不准再關心我的感情生活，我會自己看著辦，然後，也不准送我按摩棒！」

她抗議，「那是我的心意。」

「我收到了，而且收到很多，妳知道昨天那按摩棒還掉進人家的湯碗裡……」我忍不住激動，就這樣全部說出來。

美櫻傻眼，「怎麼掉的？妳也太強了吧，壞了嗎？那台很貴耶！不對，那個人有認出妳是誰嗎？妳是在大庭廣眾下掉的？不就都被看光光了？」

「應該是沒事，但反正就是拜託妳不要再送了！」我直接打開電視櫃下的抽屜，指著裡頭各式各樣的按摩棒給美櫻看，「看到了沒有？妳是希望我退休去賣按摩棒是不是？我是說真的，妳好好聽進去！」

見我表情嚴肅，她才妥協，「好啦，知道了啦！」我才剛要鬆口氣，她又補了一句，「但妳真的不考慮一下Ken嗎？」

我瞪她，指著門口，「妳回家，妳下班了！」

「姊……」她可憐兮兮的看著我。

我重重一嘆，「我是說真的，這兩天沒有什麼特別的事，讓我好好休息，接下來又要錄Podcast的存檔，還要跑新書宣傳，妳現在不讓我躺在沙發上爛，我什麼時候可以喘氣？」

「好啦好啦，那我先回公司一趟，妳有什麼需要，隨時打給我！」

我點點頭，美櫻這才甘願離去，然後還回頭跟我說：「姊，我跟保羅可能會結婚喔，他昨天說想來想去，還是不能沒有我，但是妳放心，就算我嫁了，還是會認真工作的！」

說完，她發出銀鈴般的笑聲後離去。

行！她開心就好，不評斷別人的選擇，也不要自以為能看透別人的人生，祝福任何人，就像我們偶爾也需要別人的祝福一樣。

美櫻離開後，我轉頭看向美櫻幫我分類好，可我一直沒有空去看、去試用的公關品，已經堆滿整個廚房，畢竟整個家裡完全不會用到的地方，最適合拿來當倉庫的就是那裡。

我不下廚，原因是因為我爸從小當少爺，不愛吃家常菜。

什麼煎荷包蛋？那能算是食物？

所以我媽廚藝很好，隨便出手就是功夫菜，每個國家的料理都會一點，不誇張，我媽的生魚片切的之工整，完全不輸日本料理師父，她還會捏握壽司！就是這樣把我爸給慣壞，後來我媽死了，我炒個飯給我爸吃，我爸拿去餵流浪狗，他說：「給我人吃的食物。」

於是我只能去餐廳外帶，一份牛排六百八十元，我至今沒辦法忘記剛畢業的大學生是怎樣從身上翻出這些錢的。我從此不再自取其辱，說要做飯給我爸吃，我一律都是外帶，然後用精緻的盒子去夾自助餐回來。

明明就是炒小黃瓜，我就會說，這是小火御製宮廷黃瓜。

這麼丟臉噁心的話，我真的很難說出口，但我每次都說服自己，這沒什麼啊，妳不要忘了大明湖畔的夏雨荷，她女兒紫薇也是炒兩個菜，還起了燕草如碧絲、秦桑低綠枝這些名字，我的小火御製宮廷黃瓜怎麼了？

就這樣，本來就不太會做飯的我，再加上以前有兩份工作要做，工作時間長，更不可能進廚房了。

就在我整理出一些要先試用的東西，把空箱拆開準備回收時，有個小盒子從空箱裡頭掉了出來。我也沒有多想，反正收東西不就是這樣嗎？大箱裝小箱，再裝更小盒的，好騰出更多空間。

只是當我把小盒子放到桌上時，我看到了上頭熟悉的字體。

我馬上把小刀一丟，看著盒子上頭寫著，「TO 星姊」，其中那個「星」是用畫的星星代替，潔柔每次給我的信和禮物上頭，都是這樣寫的。我緊張的打開盒子，裡頭有一封信。

星姊，

又過了一年，支持妳也快十二年了，從妳在寫部落格的時候，一直到現在，每年都有妳的陪伴，我覺得好開心，看到越來越多人喜歡妳、支持妳，我都覺得好驕傲，我人生裡最美好的存在大概也只剩下妳，在簽書會上送一封我寫的信，是不變的慣例，這次也不例外，雖然我不知道我能不能有下次……等等！先別生氣，我有聽妳的話，很認眞吃藥看醫生，可是還是這樣，眞的好累……但妳放心，我會努力撐下去的，我會努力，一定努力……盒子裡是我挑的禮物。覺得痛苦的時候，除了去看妳的書以外，我還會抬起頭看夜空，因爲看到星星就好像看到妳，謝謝妳一直不厭其煩的聽我說話，眞的眞的謝謝妳。

潔柔

我看著盒子裡的星星手鍊，又想哭了。

我還記得她上次來簽書會的時候，整個人又瘦了，當時現場排隊的人很多，和她沒機會多聊兩句，我一直覺得很抱歉，後來傳 LINE 給她，她一直要我別介意，專心跑活動，我告訴她，等我宣傳跑完，就帶她大吃一頓養點肉，她說好。

但沒想到一星期後，她就走了。

我在簽書會那天書迷送的禮物堆裡，試著找出潔柔的，但完全找不到，我跟美櫻在家裡翻箱倒櫃，還跑去公司找，卻怎樣都沒有看到，我難過又懊悔了好一陣子，沒想到會在這個時候找到。

我收好信，戴上潔柔送的手鍊，想到周紹光的指責。

他說我才是害死潔柔的殺人凶手，我不懂他到底是誤會了什麼？他為了讓心裡好過，所以把錯推到我身上嗎？潔柔跟他交往三年，他就劈腿七次，我和潔柔見面吃飯時，她總是把痛苦淡淡帶過，不願讓我擔心。

潔柔的憂鬱症加重，到最後選擇離世，我也認為和她男友有很大的關係，可是我從來不願意去指責誰，畢竟把人命推給任何一個人背，都太過沉重，我相信潔柔不會希望是這樣子，所以她的遺書只寫了一段話，「不怪誰，也不怪這個世界，我只是累了。」

那憑什麼周紹光可以對我說這樣的話？

我看著星星手鍊，覺得自己需要一個答案。

於是我換了套衣服，戴上眼鏡和口罩，開著車到電視台，假裝要去休息室拿遺漏的東西，一走進大廳，卻只看到雄哥和另外一位警衛，沒記錯的話，那人叫阿宗，前陣子沒見到他，我以為阿宗辭職了。

我好奇的問雄哥，「周紹光沒做了？」

阿宗倒是先開口，「小周本來就是來幫我代班的，我前陣子騎車閃狗，結果出車禍，最近才剛拆石膏。」

「所以他不會再來了？」

阿宗笑笑，好像我問了多蠢的問題一樣，「當然啊，他繼續上班，我就失業了耶。」

雄哥覺得我不對勁，好奇的問：「怎麼了？是上次小周對妳不禮貌的事嗎？」

哈囉，他一直對我很不禮貌好嗎！

「不是，是有件事想問他一下，你們有他的聯絡方式嗎？」我問。

阿宗也好奇了，「有是有啦，但也不知道能不能給妳，他這個人很孤僻，藝術家個性，我跟他大學同學四年，還講不到幾句話。」

我看著阿宗，脫口而出，「你們是同學？」

阿宗馬上沉下臉，「邱小姐，妳很失禮耶，我家基因就是會禿頭，再加上小周比較娃娃臉，看起來比我年輕，妳幹嘛那麼直接？」

但這不是禿頭跟娃娃臉的問題，是真的差太多了，阿宗跟周紹光出去，十個有九個會覺得阿宗是周紹光的小叔叔，我忍不住說：「我有一些保養的公關品，你需要嗎？」我是真心的，他需要保養。

「好啊，給我老婆用剛好，我都四十歲了，中年男子沒在擦東西的啦！」阿宗這麼一說，我倒真的有些意外了，因為周紹光看起來頂多三十幾，完全不像四十。

我突然一凜，這樣不對，他不是潔柔的男友，我記得潔柔說過，她男友還小她一歲，那就不可能是周紹光了，潔柔才二十八歲，怎麼想都不會是周紹光，那他和潔柔到底是什麼關係？他又為什麼要跟我說這種話？我整個人更加困惑了。

「不好意思，我真的需要周紹光的電話，你方便給我嗎？」

阿宗看著我，一臉為難，開始講起周紹光的壞話，「邱小姐，我知道妳不是什麼壞人啦，但是我真的不能亂給妳小周的電話啦，我很怕他生氣，人家好心幫我代班，我怎麼可以這樣，妳說對不對？而且他火一上來，以前不管那個作業畫多久，燒掉剪掉，他都無所謂……」

一旁雄哥也好奇，「畫作業？你念美術的喔？怎麼看起來像念水電的？」

阿宗沒好氣的回嘴，「你也是很失禮耶，學美術也有長得粗獷的，重點不是臉，是作品，要不是當畫家會餓死，我現在還在拿畫筆咧！是小周沒有老婆，一人飽就全家飽，所以現在才能繼續畫畫，雖然說沒什麼人買啦，但他也是很堅持，這點我佩服啦！同學裡面就他一個自由業最自由，出車禍就叫他先來幫我擋啊，要是我隨便給電話，不是很對不起他嗎？」

阿宗說完一臉歉疚的看著我，我感覺得出來，他真的很怕周紹光，沒想到雄哥卻突然唸了一串電話號碼，我和阿宗都愣了一下，轉頭看去，阿宗大叫，「雄哥，你幹嘛拿我手機啦！」

阿宗要去搶，雄哥對我使眼色，又唸了一次，我迅速拿出手機記下，感激不盡的對雄哥和阿宗說：「謝謝，你放心，我不會說是你給我的！」

我說完連忙離開，還聽到阿宗在我身後喊：「他怎麼可能不知道！妳當他傻子喔！」

我一回到車上，馬上打給周紹光，但電話響了好久，就是沒有人接，不管我打幾通，都是一樣的結果，就在我死心，想開車走人的時候，雄哥突然出現在我的車邊，敲著我的車窗，我有些意外，連忙按下車窗問：「怎麼了？該不會是阿宗生你的氣了？」

雄哥搖頭，「生什麼氣，我他老大耶。」接著他給我一張紙條，「小周好像沒在接電話的，之前來代班的時候，交接簿有問題打給他，從來沒接過，我剛從阿宗口中套了一下，這是小周家地址，什麼路幾巷幾弄都問到了，幾號妳就自己找吧，看妳好像急著要找他，這樣比較快啦！」

「雄哥……」我完全不知道該怎麼謝謝他，謝謝他看出我的急切，謝謝他願意為我做了這些，「謝謝你。」

「沒什麼好謝的，去忙吧，聖誕節快樂喔！」雄哥對我笑笑後，就轉身離開，還假裝是在巡視停車場，怎麼會這麼可愛？

我感動的收下紙條，接著把車開向周紹光家。

一出停車場，才知道天已經黑了，由於周紹光家在巷子裡的巷子，我只好把車停在大馬路邊的停車格，靠雙腿下去找，畢竟幾號這件事，我只能碰運氣吧……

不知道為什麼，我就是有自信能在這裡碰到他，畢竟能在飯店餐廳碰上，還把按摩棒掉到他湯裡的機率已經夠小了，這都能讓我遇上，我難道遇不到他嗎？

我就在巷子裡亂晃，試著遇到剛好出門，又或者剛好回家的他，就這麼晃來晃去晃了兩個小時，想想我也是太有耐心，晃到我發現有幾個婆媽，都打開門窗來打量我……

但絕對不會是認出我是誰，畢竟我帽子、眼鏡和口罩戴得這麼完美，天色又這麼暗，怎麼可能知道我是赫拉？更何況這些婆媽完全不是我的受眾，她們可能連赫拉是誰都不知道。

會這樣看我，是覺得我像小偷。

我只好拿出手機假裝講電話，還很大聲，「對啦，我就在等周紹光回家啊，他不知道去哪裡了，我身上沒有鑰匙啦……」

一些婆媽聽到我這麼說，好像就放心了些，回到自己的八點檔前，就在我鬆口氣，放下手機的同時，討人厭的聲音在我身後出現，語氣有夠森冷，「誰讓妳在這裡胡言亂語？」

我是不是說了我有多好運？

早不碰，晚不碰，這時候是在碰什麼意思？

我深吸口氣，轉過頭，迎向他充滿敵意的眼光。他手上牽著那隻他抱走的流浪狗。好，這都不重要，我告訴他，「我有話想問你。」
他直接回我，「妳想問，我就一定要回答？」他說完往前走去，我快步跟上，繼續問他，「你和潔柔到底是什麼關係？為什麼你會說潔柔是我害死的？」
他馬上停步，轉頭就是一頓罵，「妳自己做過什麼都不記得了？也難怪妳可以這麼不知羞恥的繼續在眾人眼前，說一些冠冕堂皇的歪理，讓女人相信妳，然後賺她們的錢。要是她們知道口中獨立又精明的教主，外出用餐還帶著按摩棒，不知道會怎樣？對了，還跟助理在停車場公然討論約砲的事，果真不在意旁人的觀感呢。」
我懶得跟他解釋太多，我只想要知道答案，「我到底做了什麼，讓你覺得是我害死潔柔？我看你這麼討厭我，還真的以為自己做了什麼傷害潔柔的事，而我卻完全不知道！」
周紹光冷冷的望了我，半晌，才開口質問我，「潔柔說她活不下去的時候，妳為什麼叫她去死？」
我馬上回他，「我怎麼可能說這種話？」
「就在妳回完訊息的隔天，潔柔就走了！這樣妳還說妳不是殺人凶手？」
「你到底在亂說什麼？我最後一次跟潔柔傳訊息，明明就是跟她約好下次要一起吃飯！」
周紹光嫌惡的看我一眼，冷哼一聲，「妳就繼續裝，我等著看妳的報應！」他說完拉著狗走人，我追上去，想滑開我和潔柔的對話紀錄給他看，「我真的沒有說過那些，你自己看……」

沒等我說完，周紹光拿起我的手機就往某個垃圾堆一丟，「不用看也知道，妳肯定刪過訊息，我忍到現在是為了潔柔，不希望她的死再次變成新聞，不然我早把訊息截圖丟出來給媒體了，讓全台灣的人知道妳有多爛、多糟糕！」

周紹光用力推開我，我一時重心不穩跌在地上，他回頭看我，確定我沒摔斷腿還是手後，直接拿鑰匙開門，走進一間老舊公寓，我起身衝過去要跟上的時候，大門瞬間關上，我再怎麼拍門都沒用。

我無比洩氣，什麼叫有理說不清，就是此時此刻。

我去垃圾堆裡翻出我的手機，抬頭看著老公寓，我的鬥志被燃起，沒做的事，不能要我承認。

我離開周紹光家的巷子，滿腦子都想著要如何洗清我的冤屈。

有做的事，我承認，

沒做的事，你不能逼我承認。

Chapter 6

Find out

臉友 **jess**：

赫拉！不好意思，這麼晚傳訊息給妳，但我眞的好生氣，我這個人脾氣是大了一點，但我自認我還滿善良的，我對別人老公沒興趣，就算對方再帥、條件再好，我再怎麼想推倒對方，只要我知道對方有老婆，甚至是女友，我馬上衣服穿好，連最上面的第一顆鈕釦都會扣緊緊，但現在居然從**A**朋友口中聽到，**B**說我搶她男友，還聯合**ACDEFG**……我所有朋友來孤立我，本來不想跟這種人計較，但**B**竟然跑去我家跟我媽哭訴，搞得我媽以爲我很賤，我和我媽感情已經沒有多好了，現在又搞這一齣，我眞的快氣瘋了。

然後我打給她，她死不接，也不回我訊息，我晚上直接去找她，想問清楚，結果這瘋女人直接當我面甩我門，還罵我不要臉，重點是她男友哪位？他媽的，她一年換三十個男友，誰知道她現在男友是哪位？怎麼搶？我現在眞的很火，我氣到很想殺人！

Dear jess：

我完全懂妳的心情，徹徹底底，我眞的能夠明白那種有苦說不出的心情！完全不知道自己做了什麼，卻要承受這種莫名的委屈，我眞的懂翻！換作是我，我也會氣瘋，但我們要冷靜，記住，任何一種會危害自己未來的舉動，我們都不要做！不要爲了瘋子賠上自己！

我們不要被打敗，但該搞清楚的事無論如何都不能放過，這種不白之冤放在甄嬛傳裡面就好，不要留在我們身上，該要到的答案，我們要繼續努力，不要放棄，無論是我們欠人家一句道歉，還是人家欠我們一句對不起，所有不愉快的事都該有個結局，但絕對不是不清不楚。我們一起加油！

我打完最後一個字，接著用力的闔上電腦，嚇到幫我泡了熱茶進錄音室的美櫻，她手上一杯茶差點打翻，傻眼問：「妳幹嘛？嫌筆電太新？今年才剛換耶！」

我沒理她，拿起我的手機，繼續努力，美櫻把茶放在我面前，好奇的問，「妳是不是在跟Ken傳訊息？情話綿綿齁？」

我沒好氣的瞪她，「齁妳的大頭。」

「不然妳今天手機一直拿在手上幹嘛？妳以前不會這樣耶，工作的時候很少會碰手機的，剛錄兩集Podcast，只要來賓一離開還是去上廁所，妳馬上拿起手機打字，一看就是談戀愛啊！」

我深吸口氣，指著我的臉問她，「妳覺得我的臉像是在戀愛？」

她瞧了瞧後說：「是不太像……比較像在跟誰討債一樣……」

算她還懂看臉色，我繼續傳著訊息，發現自己滿有當恐怖情人的特質，從昨晚和周紹光吵完架回到家，我不死心的傳簡訊問周紹光，他是從哪裡看到我跟潔柔互傳的訊息？我還把我和潔柔的所有對話紀錄下載成文字檔，一次全部傳給他，證明自己從來沒有說過那些話。但他完全沒有回我，我打電話他也不接，這樣一整天下來，我真的就是名副其實的奪命連環 call。

美櫻見我表情嚴肅，擔心的問，「妳還好嗎？要回家了嗎？錄音室使用時間到了耶。」

我點點頭站起身，但手上還是繼續傳著簡訊，我才剛把錄音室的門打開，突然一束花就出現在我眼前，我愣了一下，抬頭看去，居然是 Ken，他燦笑著對我說：「嗨！」

嗨什麼嗨？他怎麼會在這裡？我直接回頭看向美櫻，美櫻也馬上搖頭，一臉她也不清楚的表情。吳美櫻不會說謊，她是真的也嚇到，連忙問 Ken，「你怎麼會知道我們在錄音室啊？」

「有心什麼都能知道。」Ken 笑笑的，可能見我有些防備，便說著，「其實是我朋友在樓下錄音，說有看到妳，就跟我說一聲，我剛好忙完，就想順路給妳一個驚喜。」

他說完把花遞向我，「路上看到阿婆在賣，想說天氣冷，請她把剩下的都賣給我，我自己跟她要了膠帶捆成一束，妳不介意吧？」

我怎麼介意得下去？

我收下花，「謝謝你，但以後別送我花了。」

「好啊，那以後看妳喜歡什麼，我就送妳什麼。」

「我的意思是別送……」我東西，三個字還沒有講完，他又笑笑的打斷我，「不打擾妳了，妳忙吧，我先走了！赫拉加油！小星加油！我永遠支持妳！」他像粉絲一樣的舉手歡呼，滿臉燦爛笑容的朝我揮手後離開。

說真的，誰能不被這樣可愛的男人迷惑？

比如我後面那位花癡，直接衝過來抱住我，「姊，Ken 也太優了吧！我的天啊，又善良又懂進退，我也好想要這種驚喜喔，妳真的不要管年紀了，他可以考慮啦！不然妳是要單身一輩子喔？」

我轉頭看去，「妳答應過我什麼？不能再關心我的感情生活，妳忘了嗎？」

美櫻只好住嘴，我把拿著的花交給美櫻，她看到我手腕上的鍊子，驚呼，「妳找到潔柔送的手鍊了？」

我愣了一下，反問美櫻，「妳怎麼知道這是潔柔送的？」

美櫻嘆了口氣，「她那時候就問我，妳平常都會戴哪些飾品，我就說耳環啊、手鍊吧，她去挑的時候，有拍照給我看，擔心妳會不會喜歡，我就跟她說，只要是她送的，妳一定都喜歡。」

我一陣鼻酸，但把眼淚吞了進去，「妳幹嘛不跟我說？」

「不是啊，又找不到，這是潔柔要給妳的驚喜，我幹嘛破她的梗？而且我總覺得一定會找到，我發誓，粉絲送的禮物，那天我全搬回家了，所以一定在家，只是不知道在哪個角落而已。」

「我們找一天去看她吧。」我說：「她可能也想我了，才用這種方式提醒我，該去看她了。」

美櫻點點頭，拍拍我，「妳慢慢來，我先去開車，門口見。」美櫻抱著花、提著我的電腦、背著我的包包，先走下樓，她一向都是這樣，只要見我心情不太好，總會留給我一點時間去處理情緒。

我看著手鍊，再看著手機裡完全沒有消息的周紹光，只能嘆氣。

而接下來的三、四天，我也還在嘆氣，我傳給周紹光的簡訊，每一封都石沉大海，我甚至懷疑，這根本不是周紹光的手機，還打去拜託雄哥幫我再確認一次，雄哥告訴我，「除非阿宗有兩個叫周紹光的朋友，不然肯定是這個號碼。」

我當然很清楚，這世界上所有的來來回回，有可能只是單向的，不是我問了，就一定有答案，不是我想找，就能找得到，我努力安慰自己，不能怪周紹光的無聲無息，站在他的立場，並沒有理由非得回應我。

就像 Ken 的追求，我也沒有非得要回應他一樣。

這幾天，他總是會在我工作結束的時候跳出來，給我一些小驚喜，但也從不煩人，聊了兩句就會離開，然後傳簡訊關心我有沒有到家、今天過得好不好，我也是一封沒回，但他看到我，也像是沒事般的對我燦笑，接著說一句，「工作加油！」

見周紹光還是安安靜靜，我負氣的傳了最後一封，「這是我最後一次傳訊息給你，如果你沒有證據，就不該隨便指控我，這件事到此為止，反正這輩子我們不會再有碰面的機會，多留點口德，你的人生會更美好！」

不意外的，再一次的石沉大海，這種被無視到底的感覺，真的讓我很挫折。

突然訊息聲響起，我以為是周紹光回應我了，沒想到手機一拿起來，仍然是 Ken，「有東西在一樓管理室要給妳，早點休息。」

我看著 Ken 的訊息，覺得他好像另一個窮追不捨的我，頓時忍不住為了老是被我拒絕的他，不捨了一下，原本沒打算下去拿東西的我，還是套了件外套下樓。這裡是我一輩子都買不起的高級大樓，頂多只能用租的，裡頭住的都是些政商名流，我賺的錢，只是這些住戶的零花錢。

不過，大樓管理處覺得我形象良好有助房價提升，所以對我還算十分客氣，一看到我便熱情招呼，「邱小姐，有妳的外送喔！」

「謝謝。」

我迅速提了上去，一打開，裡頭是我很愛吃的牛肉麵、一大包辣椒，還有一張紙條。上面寫著，「我看過妳和 Youtuber 拍的美食之旅，妳說妳喜歡吃牛肉麵，而且很愛加辣，只要能吃一碗辣到流汗的牛肉麵，不開心的事都會忘記。這幾天看妳好像有些心事，希望這碗牛肉麵可以治癒妳，當然，最希望能夠治癒妳的人是我。」

說真的，誰能不感動？

接著 Ken 又傳來訊息，「如果妳後天有空，我更希望能一起跨年，別緊張，不是約會，就只是朋友之間吃吃飯，約會我會等妳同意才安排。」

我暫時放下手機，把辣椒加進牛肉麵，邊吃邊流汗，越吃越爽，等我把最後一口湯都喝完，前額的髮絲都溼了，但真的好爽，有夠爽！

我拿起手機，傳了訊息給 Ken，「好。」

光是這碗牛肉麵為我消除的疲勞，Ken 絕對有資格讓我請他吃一頓飯。

Ken 很快就回我，「那我來找餐廳訂位，我真的很開心，謝謝妳……」以下省略他傳了多少興奮又快樂的文字。

不曉得是不是到了這年紀的關係，我已經很少有這種覺得很興奮快樂的時候，書賣得好、Podcast 頻道很多人訂閱，我會高興，看存摺的時候心裡會滿足，但快樂這種感覺，我真的好久沒有感受到。

而現在，光看 Ken 的文字，就能感受到他的快樂。

我有點羨慕，這種如此純粹的感覺，我卻好久沒能擁有。

美櫻傳來這星期日簽書會的流程表，然後打給我，「姊，剛剛出版社打給我說，預購目前已經破兩萬本，所以想延長簽書的時間，妳可以嗎？妳的手……」

「沒事，大家期待這麼久，我可以簽到完再走。」

「妳確定？還是明天去看潔柔之前，我先幫妳預約中醫針灸？」敲鍵盤敲久了，我的手肘跟手背時常會抽痛，之前為了趕稿，還邊冰敷邊打字，去年簽書會也是簽完才走，手都舉不起來，直接去針灸。

「不用了，妳明天早點來，我想去買潔柔愛吃的軟餅乾。」

「知道了，明天見，妳早點睡。」

掛掉電話後，我突然覺得有點冷，可能是那碗牛肉麵讓我流了很多汗，我趕緊起身去洗澡，接下來的新書活動是一場硬仗，我沒有生病的本錢。但當我都弄好，準備要入睡時，我爸又打來了，劈頭就是，「妳搞什麼鬼，今天妳大伯父壽宴，妳一通電話都沒有，像話嗎？」

「不是有包紅包了嗎？」

「那是我的名義給出去的啊，妳這個晚輩怎麼能一點表示都沒有？至少打個電話給他，祝他生日快樂，有這麼難嗎？」

「我真的忘了是今天，那要現在打嗎？」

「都幾點了？打什麼打？有心就不會忘，妳真的是很荒唐，妳姑姑還在說給妳太自由，也不催妳結婚，才沒有家庭觀念。我丟臉丟到連回話不敢了！」

我爸氣到直接掛掉電話，我真的感謝他，願意放過我，最怕他抓著電話不放，一罵兩個小時，像這種短短的，要罵得多難聽我都讓他罵。

我爸該慶幸，面對他平常毫無由來的一頓罵、一頓打，我都可以毫無羞恥心，不然這樣來回的吵，他早被我氣死了，而且我不只沒有羞恥心，還很快就入睡，我爸要是知道我這樣不知檢討，一定馬上從台中帶著水管衝上來抽我。

不過隔天一早，我一起床，還是很識相的打回去給大伯父，還叫了快遞，幫我送了個高級壽桃過去，因為不這樣做，我晚上會再接到我爸的電話，馬上就要一陣大忙了，我沒力氣花時間跟他吵。

美櫻依照我們約好的時間來接我，兩人先去買了潔柔喜歡的小雛菊花束，再去買了些她愛吃的東西，最後來到她長眠的塔位，想起告別式那天，我也默默的去了，站在人群的最後面，我忘不了林伯伯哭到肝腸寸斷的樣子，不知道他最近好不好……

那天，我沒有流淚，只是覺得心裡有股巨大的悲傷，大到淹沒自己的心臟，全身無力，不管做什麼，好像都沒有什麼意思一樣，我甚至有些生氣，我都這麼努力的勸她了，為什麼她不能繼續堅持？不是說有看我的書嗎？為什麼還是選擇跳下去？不是說會一輩子支持我嗎？怎麼可以一輩子就這麼短？

這對我來說，太震撼了，我身旁沒有這樣恣意離開的人。

就連我媽，飽受我爸的精神摧殘，她也是比任何人都還想要活下來；我時常嚷嚷著日子過得沒意思，但我也沒有勇氣結束自己的生命。能這麼勇敢的往下跳，為什麼不能再勇敢一點的活著？

這些問題在潔柔離開這世界後的一個月內，我不只吃飯想、睡覺想、各種想，就是不能懂，為什麼能做出這樣的選擇？後來美櫻跟我說：「妳可不可以振作？我知道妳難過，但活著的人不是應該照顧活著的人嗎？活著的人才有痛覺啊，妳再一直推掉工作，我也要被磊哥罵死了！」

我才漸漸走出來，應該說，漸漸的假裝這一切都沒有發生，潔柔沒死，她就只是忙到沒時間跟我見面……直到周紹光再次把我丟進記憶裡，一直提醒我，關於潔柔的離世，和潔柔為什麼離世？

我站在潔柔的塔位前，看著上頭的照片，是她在 Facebook 的頭像，笑得好甜美。我看著看著就看癡了，直到美櫻站在我耳旁說：「姊，我去洗手間一下，肚子痛。」

我回神點點頭，聽著美櫻急促的腳步聲漸遠。

我趁著美櫻拉屎的時間，把我跟潔柔相識十幾年的日子，回想過一次：她穿著高中制服來簽書會的樣子、她第一次談戀愛緊張的樣子、她剛出社會當菜鳥的樣子、她和初戀分手之後不小心愛上渣男的樣子，還有她生病的樣子……

然後，我一下就回憶完和她的所有過去，沒想到竟然這麼短，她應該要跟我一起創造更多美好回憶的啊……

接著我聽到腳步聲漸近的聲音，以為是美櫻回來了，深吸口氣，打起精神說：「再等我一下。」接著從包包裡拿出簽好名的新書，放在潔柔的塔位前，才剛放上去，下一秒，一隻手把書拿起來，直接丟到地上。

我錯愕的回頭，是周紹光。

「你什麼意思？」我不會再忍他了。

「最沒資格來看潔柔的人就是妳。」

「我就不走，把書撿起來還我，然後跟我說一聲對不起。」我很堅持。

周紹光冷笑一聲，踩過我的書走來，伸手要把我推開，我整個火氣都上來了，死都不動，一陣拉扯下，我的手一揮，他的臉被我的指甲劃傷，頓時，氣氛更僵了。

這時，美櫻回來，見我傷了周紹光也傻眼。

周紹光沒在乎他臉上的傷，冷冷的看我一眼，從口袋裡拿出手機。我看到那手機殼頓時愣住，那是我送給潔柔的生日禮物，這是潔柔的手機！周紹光馬上開機，接著點進我跟潔柔的訊息對話框。

潔柔：姊，我真的活不下去了，我要走了，先跟妳說一聲。

接下來竟然還有我回的訊息：「那就去死吧！真的要死的人，才不會像妳這樣四處講，要做快做，只怕妳不敢！」

我錯愕到不行，無法置信的看著周紹光，他則是用滿是憤恨的眼神看我，「妳不是想要證據？就在這裡！」

「不可能，這真的不是我傳的，我沒有！我不可能會對潔柔說這種話！」

美櫻見情況不對，也連忙探頭過來，看到手機裡的訊息，頓時倒抽口氣，「怎麼可能！姊不可能做這種事！」

「我的手機裡面就只有到潔柔說她要走了，後面我真的沒有再回任何一句話……我不是都傳給你看了嗎？」

沒等我說完，周紹光就直接打斷我，「那這個是什麼？妳解釋啊？邱星，我再警告妳最後一次，如果妳再來煩我，還是再來這裡打擾潔柔，我絕對會把這個訊息截圖，然後發出去給媒體。」

我完全動彈不得，這整件事都讓我太過震驚，怎麼可能？不是我！真的不是我……我連話都沒有力氣講，周紹光見我死不走，大聲氣吼，「給我滾！」

美櫻馬上拉著毫無思考能力的我離開，我腦子一片空白，再次回神時，人已經在車上了，我馬上開口，「把車停到旁邊。」

「怎麼了？姊，妳要幹嘛？我先送妳回家，妳現在這個狀況，什麼事都不適合做……」

換我大吼，「停車！」

美櫻只能妥協，把車停到路邊，試著想勸我，但我什麼都不想聽，直接跟她說：「妳手機拿出來，把一月十九日的行事曆叫出來，看看我在哪裡。」

美櫻馬上動作，很快就查到行程，「那天早上先去跟廠商開會，下午幫業配拍照，晚上磊哥生日，包了信義區那間久朗亭高級日料，我們都有參加。」

「妳剛才有看到訊息嗎？潔柔手機上面顯示，收到我訊息是晚上十一點四十九分，那時我回家了嗎？」

美櫻認真的想著，但很抱歉的說：「我沒什麼印象了……對了，應該有照片！」美櫻連忙滑開手機照片，很快滑到那天，就看到美櫻跟許多人拍了合照，還有拍到一張我趴在桌上的照片，美櫻驚呼，「我想起來了啦，妳那天才喝兩杯燒酌就快倒了，還被磊哥笑！」

我根本沒有心情多聽美櫻講什麼，搶過她手機繼續滑，我看到我整個人醉茫茫、搖頭晃腦，一直說自己沒有醉，還哭著抱住磊哥，說自己想休假的影片，美櫻邊看邊搖頭，「妳真的不能喝耶……」

我無力的把手機還給美櫻，眼淚頓時滑落，美櫻嚇了一跳，「妳怎麼了？」

我瞬間感到害怕，顫抖著對美櫻說：「那訊息會不會真的是我傳的？是我喝太醉，整個人茫掉，所以才不記得……是我叫潔柔去死的……」

美櫻兩手往我雙頰同時一拍，擠壓著我的臉，生氣的說：「妳是瘋了嗎？邏輯死掉了？妳看妳都醉成這樣了，最好還有辦法打那麼多字，妳不要心急在那邊亂認罪好不好？警察問案最愛妳這種的！」

「那為什麼會有那句話？那的確是從我帳號傳出去的啊！」

「以我看那麼多 Netflix 的推理劇來看，很明顯是有人傳完就刪掉的。」

「什麼意思？」

美櫻看著我，「給我五分鐘，妳現在先放空，什麼都不要想。」

我怎麼可能不想？我就這麼一邊胡思亂想，一邊看著美櫻不停的滑手機、截圖，然後馬上幫我開始細細推敲，「妳看喔，十九號那天妳喝醉了，再加上我也有喝，所以我們應該是坐計程車回家的……這裡，是我 Uber 的乘車紀錄，到達地址是妳家沒錯，但我叫車時間是二十號凌晨十二點半，也就是十二點半之前，我們都還在久朗亭。」

「所以呢？」我還是不明白。

「所以我在想，有沒有可能是有人拿妳的手機亂傳訊息？」

「不可能吧？我手機有密碼啊！」

我一說完，我們兩個又頓時陷入苦思，最後美櫻搖搖頭，「不管啦，反正一定不是妳啦！姊，就算妳要一輩子擔著罪惡感過日子，也要確定真的是妳做的啊！雖然我覺得絕對不可能會是妳，這根本太扯了，如果是妳，我就……」

「就怎樣？」

美櫻深吸口氣，怯怯的說：「可能很失望吧，但妳也不是故意的啊，妳就喝醉了嘛！」

喝醉兩字，真的可以拿來當逃避的藉口嗎？

但我不能逃避，也不想逃避，無論如何，我都要想辦法找出真相，就算真的是我，我也要好好道歉跟贖罪，不管我當初是什麼狀態，做錯了就是錯了，我要努力用一輩子來還。

但如果不是我，我也要那個人到潔柔的塔位前真心道歉。

突然，我的手機訊息聲響，我點開一看，是 Ken 約我明天晚上赴約，我根本沒心情，本來想回絕，但我卻看到最後一句，「約在我朋友開的日本料理店，叫久朗亭。」

太好了，如果是 Ken 朋友開的，那有沒有可能可以調到當天的監視器畫面存檔？雖然留著的可能性很低，但我還是想試試，我馬上回傳給 Ken，「好。」接著轉頭拜託美櫻，「妳有可能拿到磊哥生日那天的來賓名單嗎？」

「我可以問他祕書看看，不過那麼久了，也不知道還有沒有留……啊！我覺得有個人很有嫌疑！」她講到一半突然大叫，我要是膽子小一點，真的會原地往生。

我連忙問她，「誰？」

「江海啊，他私下跟磊哥挺好的，那天他也有去！我突然想起來，妳喝醉的時候，他還過來跟我說，叫我快點帶妳走，在那邊丟人現眼很難看，現在這圈子看妳最不順眼的人，不就是江海了嗎？」

「是嗎？」但為什麼我直覺就不是他？他雖然很小氣、愛計較，但他絕對不會這麼陰險，雖然我看男人的眼光很差，但不至於走眼到這個地步，我無法想像會是他。

美櫻沒好氣的看我，「不然還會是誰？妳密碼沒換過，他可能也知道啊！」

我還是害怕的問著，「真的不可能是我嗎？畢竟我喝醉了。」

美櫻聽我這樣講，輕輕一嘆，「拜託，我真的希望不是，不然我很怕妳會內疚到跟潔柔一起去。」

我沒說話，轉頭看向車窗外那陰暗灰白的天空，「好像快下雨了。」我說，可我的心，早就雨下不停了。

送我到家後，美櫻一直很想跟我上樓，我知道她想留下來陪我，她怕我心情不好，但我拒絕了，這件事沒有搞清楚前，我心情不會好的，難道要她一直陪我，沒完沒了嗎？

「沒事，妳不是跟保羅約了明天要跨年嗎？我明天也有事，我自己看著辦，後天就要收心了，馬上要簽書會了。」

她點頭，上前擁抱我一下，「姊，真的不會是妳啦！」

我沒回應她，轉身上樓，只是這個晚上我完全沒辦法睡，只要一閉上眼，我就會想到自己對著潔柔說：「那就去死吧！真的要死的人，才不會像妳這樣四處講，要做快做，只怕妳不敢！」

我覺得自己很可怕，就這樣睜著眼睛直到天亮。

隔天一早，我馬上去拜拜，還多停留了一會，就是想看看能不能遇到賣紅線的老奶奶，但她還是沒有出現。我問了附近賣香的攤販，他們卻跟我說，「這裡沒有人在賣紅線啊！」

我傻眼，瞬間全身起了雞皮疙瘩。

我需要壓壓驚，連忙想找出放在皮夾裡的護身符，卻發現它消失了，我明明那天握著睡覺起床後，百分之百有把它放回皮夾裡，為什麼不見了？

那個老奶奶對我說的，「平安符要一直戴著，不能弄丟啊！」

好的，丟了？

也不知道是啥時丟不見的，難道是因為弄丟了，最近才這麼不順？我害怕極了，連忙再跟神明求來一個平安符，這次我死都要戴在脖子上，確定它好好的停在我胸前，這才安心了一些。

接著，回家親手寫了些賀年卡片要送給書迷，就這麼寫著寫著，差點忘了跟 Ken 有約，我迅速的換了套簡單的衣服，連妝也不打算化，畢竟我不是去約會，更不是去跨年的，我是去拜託 Ken 幫忙，看看一月十九日那天的事能不能有個答案。

我很快的叫了計程車，跨年還是不要隨便開車出門，出得去回不了家才可怕。我看向窗外，每個人臉上都充滿笑容，一臉期待新年度來到的模樣，似乎有療癒了我一些。

還是能有些希望的吧？

雖然小塞了一下，但我仍在約定時間抵達，一進門，工作人員似乎就知道我是誰，笑笑的說：「邱小姐，這邊請！」

於是我被帶進後方用木條裝飾的其中一個隔間座位裡，我有些不安，小聲的問服務生，「你們沒有包廂嗎？」

「抱歉，沒有耶。」

我點點頭，給了服務生一個微笑，他為我倒了茶水後離開。不經意間，我聽到左邊隔間談話的聲音，忍不住抬頭探去，茂盛的綠色植栽擋住了我的視線，看不到隔壁，隔壁也看不到我，這讓我安心了一些。

我才剛脫下外套，Ken 也來了，微笑著送我一束花，「Happy New Year！」接著熱情的詢問我什麼東西吃，什麼不吃，海鮮都吃嗎？生魚片都吃嗎？問完一輪後，他說：「那妳等我一下，我請我朋友安排。」

他才剛要起身，我馬上喊住他，「你朋友是老闆對嗎？」

他點點頭，我立刻跟他說：「那方便請他來一下嗎？我有些事想請教他。」

「我朋友？」Ken 一臉莫名的看著我，「你們認識？」

「不認識，但我真的有些事想問他。」我也是說的很尷尬，還好 Ken 沒有多問，只是笑笑說：「沒問題，我去叫他來。」

我感激到不行的猛點頭，Ken 離去後，我想著等等要怎麼問老闆，突然左邊隔間座位的音量變大，某道男聲說：「你就幫忙一下，改那個圖對你來說很快的嘛！我也想給你一些費用補貼，但朋友一場，你也知道我最近生意就不好，沒辦法給，但是我保證，只要我賺錢，一定、一定包大紅包給你！」

這種人真的好討厭，我翻了個白眼。

接著男聲又說：「你單身，但我小孩才剛上小學，我也只能能省則省，你就幫忙一下，看在我請你吃這頓好料的份上，幫我改一下就好了。」

這男的跟我爸比，我分不出來誰才是情勒大王，他有可能超越我爸？畢竟我們是父女，但他們只是朋友，怎麼好意思說出這種話？意思是一個人自己活著就可以餓死？

記得我剛開始接業配的時候，廠商也最常跟我說，共體時艱，我現在找妳業配，也是給妳一個曝光管道啊，說真的，反倒是妳要給我們宣傳費，畢竟我們就算是小品牌，也比妳ＩＧ和粉專按讚的人數多。

那為什麼要找我業配？我就問。

後來我沒接那業配，那間廠商也把品牌收起來了，我不會說什麼風水輪流轉、活該之類的風涼話，有時候人的價值觀還沒有成長，不代表他有罪，如果有一天，他能從過去的經驗看到自己的錯誤，明白專業沒有「免費」這件事，或許，他能再次創業成功。

在這個圈子久了，最能看清的一件事實就是，沒有人永遠成功，也沒有人永遠失敗。

那個男聲又繼續說：「就這麼說定囉，我把檔案寄給你，你只要幫我改一下那隻雞的手跟腳，然後雞臉再圓一點就可以了，我這次絕對要把鹽酥雞外銷到國外去，所以那隻雞也可以國際化一點，改這種小 case 啊！對你來說就跟打哈欠一樣簡單啊！」

終於，對方有了回應，他說：「我不可能幫你改別人的圖。」

我一愣，這聲音怎麼聽起來有些熟悉？

討人厭男聲似乎有點惱羞成怒，「要不要這麼不夠朋友？你最近很多 case 不都是靠我幫你介紹的？」

對方嘆了口氣，「阿進，你不能再這樣了，你上次叫豪仔私下幫你改圖，害得他被原創公司告，現在官司都還沒有完，你又要叫我改？你不是沒有錢，我可以不要讓你請一頓這麼貴的日本料理，但創作、畫畫是我們賺錢養活自己的工作，你至少應該要尊重。」

男聲用力拍桌起身，我看到他的頭了，連忙別過臉去，當沒有看到。那男人氣惱的說：「不幫就算了，以後也別想我幫你介紹 case 了！」

對方淡淡回他，「那就不用了，那些客戶都說是你的朋友，也跟你一樣用大家都是朋友的理由，所以從來沒有人給我錢，我不知道你是真的想幫我介紹 case，還是拿我來做自己的人情，那都算了，但希望你別再叫任何一個朋友幫你盜圖改圖，真正的朋友，不會這樣。」

我敢百分之百保證，這是周紹光的聲音，我緩緩的轉過頭去，想確認我有沒有猜錯，就這麼剛好，他也站了起來，看到我在看他，下一秒，他的朋友阿進氣到在原地叫囂，「叫你幫忙是看得起你，你看看你都幾歲了，還住在那種破屋子裡，沒有半點存款，哪個女人敢嫁給你？還真以為自己會變成大畫家嗎？不要做夢了，你那些爛畫誰要買啊！」

他的音量之大，我想這一區的客人應該都聽得到。

不管受委屈的那人是不是周紹光，我都無法放過這種自以為是的人，實在聽不下去了，於是我故意拿著手機，低著頭，用著討人厭男聲能聽到的音量說：「跟妳八卦一件事，超好笑，一個說要外銷到國外的鹽酥雞品牌，連 LOGO 設計費都付不起，還要叫設計師幫忙改別人家的圖來用，妳說要不要笑死……」

我說到一半，正好 Ken 帶著老闆朋友來，我戲也演不下去了，連忙說：「不說了，先這樣！」

我一放下手機，餘光瞄到那個阿進應該是覺得丟臉，推開周紹光後離去。

周紹光冷冷看我一眼後也直接走人。希望他不要誤會，我沒有要討好他，我只是無法容忍這樣的人，而通常這樣的人很莫名其妙的事業都做很大，厚臉皮的人日子都過得特別好。

Ken 拉著老闆過來替我介紹，「小星，這是小白，久朗亭的老闆。」

我連忙起身致意，「你好，我是邱星。」

小白笑笑招呼，「應該沒有人不知道妳是誰吧？年初有榮幸在磊哥生日會包場見到妳一次，可惜沒辦法找妳合照，赫拉教主還是一樣漂亮。」

我真的差點尖叫，連忙起身拉過老闆問：「你記得？」

「當然，磊哥生日那次，是我們店裡最熱鬧也是看到最多藝人的一次，我也是那天馬上變成妳的粉絲！妳喝醉的反差萌實在太可愛了，妳還拉著我問有沒有麥克風，說要唱歌，然後妳看到生魚片還哭了，覺得生魚片太赤裸太可憐，大家都嚇到了，想說妳不是才喝兩杯嗎？大家真的都很意外，妳看起來像是酒量很好的人。」

Ken 笑出聲音，我都快丟臉死了，但我沒有時間理他，繼續問著小白，「那你還記得什麼嗎？」

「只記得那天大家都玩得很開心，所以希望明年磊哥繼續在我這裡辦 party，拜託教主幫忙跟磊哥說一聲。」

我有些尷尬，但還是客氣的笑笑回應，「我努力……」接著，我深吸口氣，指著店裡角落的一些監視器，「不知道你這些監視器的存檔都放多久？有可能一月份的還留著嗎？」

小白聞言有些錯愕，擔心的問：「怎麼了嗎？要找什麼嗎？妳的手機後來不是還給妳了？」

我聽著小白的話，頓時倒抽口氣，我好想大叫吳美櫻，現在真的好需要她，我好後悔我為什麼不多看推理劇，這樣我就知道我下一句該問什麼，可以馬上得到答案。

但同時，我一直緊繃的心情也得到了些許抒解，如果我的手機曾經離開過我，那是不是真的像美櫻說的，有人拿了我的手機亂傳訊息？

我抓著老闆的手，有如抓住了救生圈。

當個不害怕犯錯的人，
也要當個勇敢承認錯誤的人，
更要讓自己是個願意改正錯誤的人，
那就會活成好人。

Chapter 7

Be pressed for time

臉友怡婷：

赫拉，好久不見，不知道妳還記不記得我，前幾年失戀的時候，每天都傳訊息煩妳，謝謝妳就算半夜看到了，也還會安慰我，後來我聽妳的話，每天都讓自己很忙碌，也去把一直想學的韓文給學了，後來玩交友軟體，老實說，本來只是想打發一下時間，無聊的時候有人可以聊天，反正也遇不上什麼好人。

沒想到我最近和一個韓國男生聊，想說順便練習韓文，才聊了幾次，我覺得自己好像喜歡上他了，他好溫柔好體貼，我只是隨口說一句好想看雪，他遇到下雪就直播給我看，反正有太多太多說不完的貼心……

我以爲自己可能就單身一輩子了，沒想到還有這種心動的感覺，他剛才說，想以結婚爲前提跟我正式交往，因爲他在韓國有開店，沒辦法來台灣生活，希望我能去韓國跟他同居，我該答應嗎？我該嗎？

嗨，怡婷：

光聽妳這樣講，我還眞覺得他好像詐騙集團，畢竟我不清楚你們之間的聊天內容，也不知道聊到了多親密的程度，還是已經聊到以後孩子要生幾個？我的意思是，對他是怎樣的感覺，只有妳自己最知道。

我沒有一見鍾情的經驗，但我相信一見鍾情這件事，所有會愛上對方的瞬間，即便我本人沒有經歷過，我都相信那眞的存在。縱然如此，我還是會爲妳擔心，這會不會是騙人的？但我能保證這個男生是眞的要騙妳嗎？我沒辦法！因爲妳的感受才是眞的。

只是要拋下台灣的一切，包括妳的舒適圈去和他談戀愛，對我來說，這犧牲太大了，所以妳得要先想清楚，離開這裡，妳會失去的東西有哪些，而這些東西不管短暫失去，或永遠失去，妳都不會後悔的話，那爲了愛去追求一次，並沒有什麼不應該。

畢竟留在台灣或去韓國，都是一種賭，我覺得兩種都會幸福，但也都會孤單，所有選擇都不是選正確答案，而是選哪一種後果是妳承受得起的，希望妳不管下了哪個決定，都會快樂，祝福妳。

我看著眼前的 Ken 對我關懷備至，不停問我，「冷氣會不會太冷？」「要不要跟妳換位置，這裡比較吹不到冷氣。」「肚子是不是很餓？」說真的，在心無旁騖的狀況下，我會很心動，就像之前傳訊息問我的怡婷一樣，孤單的時候被關心，真的很容易愛上對自己呵護備至的人。

但現在的我只能微笑回應，只希望被其他桌客人叫走的小白快點回來。

因為我話都還沒有問完，可我沒辦法抓著他不放，他還得工作，我只能等，但等待多麼煎熬，即便他才剛離去不到十分鐘。

可能是我太明顯沒有把心思放在 Ken 身上，他突然有些洩氣的問我，「跟我吃飯還是很不自在嗎？」

我壓根沒有想那麼多，我現在心裡只有小白，只想把事情弄清楚，沒想到我的態度會讓 Ken 感到受傷，我只能趕緊打起精神，試著和他聊天，「沒有啊，可能是肚子餓了，想說餐怎麼還沒有來。」

他這才馬上露出大男孩的燦爛笑臉。我著迷了一秒，但年齡提醒了我們的距離，不是高雄到台北，是台灣到法國，謝謝。

注定沒有結果的愛情，我沒有時間談。

我搖搖頭，不去想這些，失神的隨便挾了一口食物，就往嘴裡塞，卻不小心被芥末給嗆到，馬上拿起水杯就往嘴裡灌，水一下就喝完了，Ken 把他杯子裡的水也給我，喝不夠，便把他的保溫瓶也拿出來，把水先倒給我喝，還坐到我旁邊，不停幫我拍背，我這才活過來。

「謝謝，我沒事了。」

他伸手抹去我咳到額頭冒出的汗水，一臉心疼的問，「妳有餓到連芥末都吃？」

我這才發現，桌上連個屁都沒有，我挾到了沾醬裡的芥末，真的丟臉丟到沒有臉了。Ken 溫柔的繼續說：「妳都咳到流汗了，要不要我叫小白把冷氣開強一點？」

「不用、不用！」我連忙揮手制止，雖然我也很想找小白，我正等著他幫我問監視器的事，雖然機會不大，畢竟過那麼久了，但我還是抱存著一絲希望。

當我回過神才發現，我跟 Ken 靠得太近，連忙清清喉嚨，「那個……你要不要坐回去了？」Ken 也意會過來，笑笑點頭，正起身時，他膝蓋撞到桌子，一個重心不穩，整個人往我身上撲來，我們差一點就吻上了，幸好他的手有撐在桌上，頓時氣氛說有多曖昧就有多曖昧。

沒想到小白竟然就在這個時候過來，我一看到小白，直接把 Ken 推開，但有些來不及了，小白已經用十分曖昧的眼神看著我們，但又假裝好像什麼事都沒有發生一樣，搞得我也不知道該不該解釋，突然說一句「我們只是朋友」不是更奇怪？我也只能裝沒事。

小白把手上的肉盤放下，「來，A5 和牛。」

「謝謝。」就在我想問監視器的時候，小白先開口了，「那個……不好意思，確定備份都沒有了。」

雖然是意料之中，但還是感到十分惋惜，「沒關係，還是非常謝謝你。」

小白探問：「是發生什麼事了嗎？」

我能說嗎？只能再一次微笑帶過，「沒什麼。」

這時又有個女性工作人員走來喊著，「老闆，十二桌客人找你，他說是你朋友啦！」小白一聽，只能歉疚的跟我致意後，又急匆匆的再次離去。工作人員見小白走後，面帶笑容的朝我客氣問道：「赫拉姊姊，可以幫我簽名嗎？」

「當然可以。」

她馬上拿出筆跟手機，要我簽在她的手機殼上，我才發現她的手機殼是辣椒圖，我覺得好笑，現在手機殼圖案都可以特製，我以為只有我這麼奇怪，沒想到她也是。

「妳也喜歡辣椒啊？」我微笑詢問。

她馬上跟我說：「我之前在店裡廁所撿到妳的手機，看到手機殼是辣椒，覺得好可愛，就想跟妳用一樣的啊！」

我點點頭，「我也覺得辣椒很可愛……」欸，不對！我簽到一半，拉著她緊張的問：「妳說妳在廁所撿到我的手機？什麼時候？」

她被我的反應嚇到，有些錯愕的看著我，但還是努力解釋，「就是那天包場的時候，我負責每個整點要去巡視廁所，後來我在男廁洗手檯上看到一支手機，以為是在裡面大號的客人放的，再加上男廁還滿乾淨的，我就趕緊去巡女廁了，結果再隔一小時，我去巡男廁的時候看到手機還在，就覺得不對勁，馬上拿給老闆，沒想到是妳的。」

「所以我手機不見這麼久？」

「對啊，可能是妳喝醉了沒有發現，妳喝醉的樣子真的很可愛。」

我不想再聽到這句話了，我真的他媽的戒酒戒到我死！

我不管 Ken 用多奇怪的眼神看著我，我繼續抓著女工作人員問：「那妳還記得是什麼時候看到我的手機的？妳是什麼時候把手機還我的？大概幾點？」

她歪著頭，想了好一會才說出，「那時應該很晚了，但我猜大概是十一點那次巡廁所先看到，後來十二點那次我拿給老闆的吧，我們很多人都跟老闆抱怨沒有跟妳合照到，沒想到妳會十二點多就走了。」

我想到美櫻說的，她叫 Uber 的時候是十二點多，所有時間都契合了，十一點到十二點多的時候，手機都不在我的手上，我激動的抱住女工作人員，幾乎快要哭出來，我還忍不住問她，「妳叫什麼名字？」

「我叫小妍。」

「小妍，我愛妳。」我真的愛她，我謝謝她，我把我的項鍊直接脫下來為她戴上，「沒什麼能夠給妳的，這是我的一點心意，希望妳不要嫌這是二手貨，妳今天說的這些話對我很重要！」就算現在要為她下跪，我都會馬上做。

小妍一臉莫名，但也樂到不行，直接抱住我大喊，「謝謝妳！」

我們就這樣謝過來謝過去，謝到小妍被其他客人叫走後，我連吃著燒肉，都在心裡繼續謝天謝地。Ken 覺得好笑，突然對我說：「妳總算笑了。」

「我一直有在笑啊。」我澄清。

「那不算笑吧，只是嘴角運動而已，真正的笑，是妳現在的樣子，妳是真的開心！」他把烤好的肉放到我的盤子上，我看著碟子上的那座肉山，忍不住說：「養豬也不是這樣的。」

「我不想養豬，但我想養妳。」

我又差點嗆死，然後很真心的告訴他，「我不吃這套。」愛講這種話的男生，就是貧嘴，當朋友會有趣，但很難激起我愛的火花。

「那妳到底喜歡怎樣的男生？」

「不管我喜歡哪一種，都不可能是小我十幾歲的。Ken，我很謝謝你約我來跨年，但我們真的不可能，不管你對我是一時興起，還是怎樣，我們頂多只能試著當朋友，更深的關係，我做不到。」這也是我的真心話。

我很感謝他約我來跨年，我才有機會解開心中的半個結，那個壓在我心中的石頭少了半顆，現在的我，只想找出是哪個王八蛋拿我的手機傳訊息，我真的不會放過他！

他雙手一攤，沒再多說，開始和我聊些有的沒的，問我簽書會準備得如何，我也好奇他的電商做得好不好，我們東拉西扯，放下那晚發生的一切，Ken也好像可以放下那些執念和糾纏，我發現我們挺聊得來的。

可能是因為放鬆下來，我吃了很多，也莫名的和Ken聊了很多，我沒和他跨年，因為還不到十二點，我已經覺得我要撐死了，我得回家解開我的褲頭，然後躺在床上好好睡一覺，實在是太爽了。

他喝了酒沒辦法開車回家，也不能送我回家，幫我叫了計程車後，他自己卻怎麼也叫不到車，可能是遇到跨年，車子太難叫，我只能跟他說：「看在朋友一場，共乘吧！」他笑笑點頭，感激的對我說：「謝謝囉。」

於是我請司機先開到我家，這樣比較順路，沒想到我要下車時，不曉得是我的包包勾到他，還是怎樣，他本來拿在手上的整杯飲料，蓋子突然脫落，裡頭的奶茶就這樣灑在他身上，當然還有車上，於是我們被司機趕下車。

我傻眼。

我看他滿身飲料，換作是別人或其他工作人員，我會馬上說「走走走，先去我家弄乾淨」，但因為是 Ken，我說不出口。還好他似乎有看出我的困擾，連忙對我說：「沒事，我在這裡叫車回去就好。」

他這麼一說，我覺得自己好像太小心眼，但我還是有我的堅持，說什麼也不能邀他上樓，即便如此，有些忙，我還是能幫的。我對他說：「你等我一下，我去拿毛巾，大廳有公用洗手間可以整理一下。」

說完，我帶著他進大樓，和警衛先生頷首打完招呼，請 Ken 稍等後，我馬上搭電梯上樓，迅速的拿了乾淨的毛巾、oversize 的上衣，再次衝下樓，帶著他去洗手間，讓他處理這一身狼狽。

可惜的是，我的 oversize 穿在他身上，還是有點合身，嗯……算是緊身，我真的忍不住笑出來，Ken 有些囧的說：「不要笑了，妳快上去休息，我自己叫車走就好了。」

「你確定？還是我再去拿一件下來給你試？」

他馬上搖頭，「更緊的嗎？那就不用了，妳快點上去啦！」可能是不想再以這種好笑的模樣站在我眼前，Ken 一直趕我上樓，我只好點頭，跟他說了一聲「Happy New Year」後，轉身去搭電梯。

回到屋裡，我癱在沙發上，本來想打開電視節目，看著裡頭見面會喊我姊姊的弟弟或妹妹唱歌熱舞，和他們一起倒數，但我在沙發上摸不到搖控器，我也懶得起身，電視沒得看，我只能看天花板，聽著自己的呼吸聲，就這樣緩緩睡著了。

而且直接睡到中午，當我醒來的時候，坐起身看著連衣服都沒換的自己，覺得有點好笑，也有點心酸，我差不多也能料想到自己未來的生活，就是像現在這樣孤獨。

但幸好，我還有工作。

我邊刷牙邊看手機訊息，Ken 在半夜傳了個愛心給我，然後也對我說了一聲 Happy New Year，可能是想謝謝我的救援，我回了個笑臉給他，接著呢，美櫻傳訊息說她要去拿我明天簽書會要穿的衣服，有廠商要贊助，但明明我之前就跟公司說了我不需要妝髮，又不是上節目，也打算穿自己的衣服就好。

寫書，是最像我自己的時候，我想用自己喜歡的樣子，去面對最支持我的書迷。

我才剛想回美櫻不需要的時候，美櫻就傳來一句「磊哥說的，那是他新女友創立的品牌」。都是這樣的，現實社會裡的互相。

當初磊哥在唐妮消失的時候，把我推上了那個位置，我也清楚公司裡頭有其他人覺得我憑什麼，那時候比我資深有名氣的網紅或是名模，甚至是偶像歌手、演員大有人在，我也不懂為什麼磊哥會叫一個小作家去上節目，把公司資源用在我身上。

當然就有很多傳聞，說我是他包養的，說我是某大亨的女兒，背景很硬，各種都市傳說，越說越扯，我告訴磊哥我想澄清，磊哥說沒必要，時間久了就過了，越解釋越容易被說話。

我就這樣接受了磊哥的好意和公司的資源，然後慢慢了解到，在現實裡頭，好意的背後有更大的部分是利益，當我以為自己備受磊哥照顧的時候，其實我不過是他眼裡的一件商品，當然，我沒有什麼好抱怨的，至少被當商品的這幾年，我賺了錢。

比起還沒讓更多人認識，就得離開這個圈子的人，我多麼的幸運。

所以，我只能繼續接受磊哥常說的那一句「要不是我，妳會有今天」。

所以，我關掉了和美櫻的對話框，表示接受。

才剛想放下手機的時候，突然一個對話框跳出來，居然是周紹光，我真的嚇到把口中的泡泡全吞了進去，我迅速的點開，他只寫了七個字，「我有事想要問妳。」但接下來的五分鐘，他沒有再傳任何一句。

不是有事要問？幹嘛不說話？

但因為上次傳訊息給他，他一則也沒有回過，讓我打定了「他不說，我也不問」的主意，等著他傳問題來。憑什麼要問我事情，我還得好聲好氣的請問他是什麼事？

而且，我也不想和他解釋什麼，我並不需要他的諒解，我只知道自己不需要自責就夠了。

我把電話放到一旁，拿出筆電，想回粉絲的訊息時，美櫻來了，帶著食物和衣服，我看到她買來的麻辣臭豆腐，感動到快哭了，新年的第一天第一餐，能吃到辣的，今年一定會有好運。

但美櫻不讓我先吃，把衣服丟給我，「先去換看看，我覺得這件有點合身，我怕吃飽了妳拉鍊會拉不起來。」她說完直接脫我衣服，硬是要把我擠進那件有夠小件的洋裝裡，穿完後照鏡子，我只想問，這到底是什麼東西？

Cosplay？

為什麼會有公主袖就算了，袖口還是蕾絲，裙襬還有珍珠？

我無奈的看美櫻一眼，發現她也用很驚恐的眼神看著我，「這好噁心，這是十六歲少女穿的吧？妳年紀快三倍耶！天啊，超不舒服的，快點脫掉！」

穿上費了一番功夫，脫掉更是，美櫻死命幫我往上拉，但整個卡在胸部，讓我快喘不過氣，接著美櫻用力過度，一個踉蹌，和我一起跌坐在地上，衣服被拉起來了，但也壞掉了。

我和美櫻面面相覷，下一秒，吳美櫻抱著洋裝尖叫，「死定了！我要被罵死了！天啊，我要沒工作了！」

我抓住她，「妳冷靜一下好嗎？不就是腰部縫線開了，縫一下就沒事了，而且這件衣服根本就不適合我，怎麼會拿這件？」

美櫻激動的說：「他女友就說下個月要主打這件啊！那女人就是個肖婆，完全以老闆娘自居，指使辦公室的同事去幫她買東西就算了，還要求送到她家去，以為全辦公室都是她的lalamove嗎？然後磊哥好像卡到陰一樣，愛到卡慘死，居然叫大家幫忙耶！肖婆昨天把凱蒂的筆電給摔爛，她誤會凱蒂在上班時間逛網拍，但凱蒂是在買拍片要用的道具！妳看她是不是神經病？我早上被磊哥叫進公司拿衣服的時候，凱蒂才跟我說，肖婆知道妳要辦簽書會，就一直盧磊哥要妳穿她設計的衣服，磊哥本來拒絕，結果被肖婆抓到他跟前女友有聯絡，一哭二鬧三上吊，磊哥為了安撫她，就只好犧牲妳了。」

我忍不住問：「為什麼肖婆都交得到男友？」

「是妳之前太挑了好嗎？挑成現在人老珠黃……我還得因為妳可能失業，妳說怎麼辦？我現在馬上去看看有沒有人可以修補……」美櫻抱著衣服就要衝出去，我連忙拉住她，「妳不要忙了，就算它是好的，我也不會穿，我無法穿出去嚇書迷！妳放心，我會跟磊哥說，這件衣服被我弄壞了，我會買下來。」

吳美櫻仍一臉驚恐，「可是，磊哥就是要妳穿啊……」

我把她手上的衣服拿走，抓住她的肩膀，對她洗腦，「記住，妳把這件衣服拿給我之後，就再也沒有碰過，妳什麼都不知道，妳只知道，我跟妳說衣服被我弄壞了就好，我會買下來！」

這些話我差不多重複了三十次之後，美櫻才重重的嘆了口氣，像活過來一樣的點點頭，「好，妳弄壞了，妳買下來了……」

下一秒，美櫻的手機響了，打斷她說服自己。她從包包裡撈出手機，突然倒抽口氣，表情驚恐的拿著手機螢幕給我看，來電的人是磊哥，我真的大翻白眼，還以為是誰要跟她討債，「就接啊，妳幹嘛先心虛起來放？」

美櫻還是遲遲不敢接，我實在是受不了，直接幫她接通，「磊哥，我小星，我跟你說，那件洋裝被我撐破了，我不會穿那件……」

他氣瘋得直接吼我，「穿個屁，那件不重要了！重要的是妳交男友了？還小妳十幾歲？妳是不是瘋了？」

什麼東西？我聽得一臉糊塗，「我什麼時候交男友了？」

「妳還給我裝傻？現在網路上全是妳的新聞，電視也是，妳真的……我不反對妳交男朋友，可是小妳幾十歲，這真的會影響大眾觀感……」

我沒聽完磊哥的訓話，直接把手機塞回美櫻手上，去拿自己的手機，一點開螢幕，差點沒嚇死，不管是粉專還是ＩＧ，甚至是我私人的 LINE 都爆炸了，我這才覺得好像真的很不對勁。

我直接點開網路新聞，全是我和 Ken 在久朗亭吃飯的照片。他坐到我旁邊為我拍背、我們談笑吃飯，還有差點跌到我身上，變成好像我們在接吻的照片，這些居然成了頭條？我真的很想大笑出聲。

這到底什麼東西？

新聞標題還全是「赫拉教主情定小十四歲情郎，跨年夜曬恩愛」、「教人單身萬歲，赫拉轉身撲向小鮮肉」、「超強跨年閃光彈，赫拉攜小情郎回香閨」之類的。

等等，回香閨又是啥？我點開新聞一看，記者居然還能拍到 Ken 進來我家的照片，我的天啊，跨年夜記者這麼有空？我自認全副武裝，都已經從住家停車場另外一個出入口溜出來坐計程車了，甚至一下車就直接進店裡了，這樣還能被拍？重點是，我又沒化妝，怎麼可能被認出來？

說到這個，我馬上點進新聞底下的留言，果不其然，留言全是：「胃口真好，都老成這樣了也吞得下去？」「不是賺很多？怎麼不去整一下，皮有夠鬆！」「奇怪了，人家喜歡就好，酸民一堆！」「她是誰？」「不是！這有化妝跟沒化妝也差太多了，真的好老。」

以下省略三百個說我老、說我醜的留言。

說真的，我這麼努力保持還要被說老，那麼那些沒時間保養自己的媽媽們，要被這個社會嫌棄到什麼程度？誰不會老？為了工作，我都花錢打電波跟雷射了，我很努力了啊，但我贏不過歲月和地心引力啊！

美櫻看著手機，激動的抓著我說：「妳跟 Ken 在一起怎麼沒有跟我說？」

「沒有在一起，是要說什麼？」

「但照片上面你們都接吻了……」

我沒好氣的打斷她，「我們還上過床呢。」

美櫻頓時安靜，接著一臉認真的問：「那這個到底是什麼？」於是我就把昨天晚上所有經過，鉅細靡遺的說給美櫻聽，她聽完罵了一聲髒話，「幹！記者都不求證就發新聞的喔！」

「意外嗎？」

她搖搖頭，但很擔心的對我說：「現在怎麼辦？」

「沒什麼怎麼辦，當然否認啊！」

我拿起手機，打算在ＦＢ上先澄清，美櫻突然按住我的手，「要不要跟磊哥報告一下？」

「不用吧，又不是什麼大事，不然妳打給磊哥說一聲，說 Ken 真的不是我男友，我自己處理就好。」美櫻點頭去打電話。我開始想著要怎麼說明才不會傷害到 Ken，現在他也很困擾吧？莫名其妙因為我被拍。

但傷腦筋的是，我到底要怎麼說，才能讓大家相信？畢竟照片看起來的確就是那麼一回事，難道我要下樓去跟管理室借昨天的監視器錄影檔案來證明，昨天 Ken 並沒有上樓，而是直接離開？

我才剛要打字，美櫻居然衝過來，直接把手機放到我耳邊，低聲說：「磊哥要跟妳講啦。」

我強壓煩躁，一拿過電話就馬上開口，「我們真的沒有在一起。」

磊哥氣炸大罵，「但對方承認了！妳到底在幹嘛？怎麼會跟一個小這麼多歲的人在一起，全天下男人是都死光了嗎？妳這樣真的會被笑！」

聽到磊哥這麼一說，我頓時不高興，「笑什麼？有什麼好笑的？你每次交的新女友都小你二十歲，我有笑過你嗎？怎麼你們男人就可以吃幼齒的顧眼睛，女人交個小十幾歲的就要被笑？有天理嗎？」

磊哥倒抽口氣，還是問著：「所以你們真的在一起？」

「我再說一次，沒有！可是如果是真的呢？你也要跟著外面的人笑我嗎？女人交往年紀小的對象為什麼要這樣被消費？我就問，女人是怎樣了？啊？」我氣到不行的掛掉電話。

美櫻被我嚇到，拍拍發瘋的我，「妳還好嗎？」

我深吸口氣點點頭，把手機還她，接著再重新點開新聞，果然有更新，「赫拉小男友發文，坐實兩人交往中」。

這又是三小？

我點了進去，看到記者截了一張圖，是 Ken 用ＩＧ發文，上傳的是我坐在他對面吃燒肉，一臉滿足的表情，而他的發文內容只有一顆愛心。這什麼鬼？他什麼時候拿手機拍的？他昨晚明明一直在烤肉啊！

我整個人虛弱的坐到沙發上。

難怪有人說，「所有的意外，都發生在放心之後！」

在得知手機訊息不是我傳的之後，我太放鬆的吃了，我真的沒有注意那麼多，好，這也不重要，他為什麼沒經過我同意就把照片放上去？天啊，該不會上次在飯店他也有拍，卻告訴我他沒拍，然後我還真的相信他？

我點進新聞裡頭他的ＩＧ連結，美櫻也跟我做了一樣的事，並衝過來抓著我說：「姊，Ken的追蹤人數居然爆增耶，我之前有先找過他的ＩＧ，才一千人吧，現在直接兩萬，太誇張了吧！尤其剛剛那張照片，才發沒多久就被按了一萬個讚？所以還是有很多人祝福妳啊！」

我冷冷看向美櫻，她馬上解釋，「我的意思是，就算妳和小那麼多的男生在一起，也還是有人祝福妳啦！」

我現在只想要聽到Ken的解釋，我直接打給他，但他沒有接。

倒是磊哥每五分鐘打來一次，「現在到底要怎樣？」「妳明天就簽書會了，焦點整個模糊掉了！」「明天一定有很多記者，妳要怎麼應付？」「怎樣，簽書會要延期嗎？」

我直接回他，「我不會延期，你不要再打來，讓我好好處理事情！」

「一堆記者全都打到公司問，我能不打給妳問清楚嗎？全公司現在都在忙妳的事，妳還好意思生氣？」磊哥直接掛我電話。我能理解他的怒氣，但我現在也不知道到底該怎麼處理啊！

我不停的打給 Ken，他卻都不接，傳訊息也不回，我深吸口氣，暫時把他放到一邊去。

接著先打給出版社總編致歉，保證一定不讓明天的簽書會受影響，然後開始打起聲明稿，美櫻就在旁邊不時幫我看留言，或是還有什麼新聞，十分鐘後，美櫻突然喊了超大一聲，「靠！太扯了吧！」

我頭才剛抬起來，她手機就放到我眼前說：「妳真的是帶貨女王，赫拉同款保溫瓶，是過去一小時內，最多人搜尋的！」

「那又不是我的，是 Ken 的！」

「放在桌上當然以為是妳用的啊……」她說到一半，激動的狂打我，「欸，新聞馬上就查出 Ken 是電商公司的老闆，還說妳旺夫，因為電商網站流量整個爆掉。」

我一聽，想了一下，重新點進 Ken 的 po 文，再叫美櫻點進他電商的網站，一一比對照片上的東西，頓時發現，以為照片是他在業配我，但原來他業配的是他放在桌上的東西，除了保溫瓶，還有吃到一半他拿出來的行動電源、鑰匙圈、墨鏡……

再仔細看他的 hashtag，還有保溫瓶的型號呢！根本是大型業配現場。

什麼穩定交往，都是他的狗屁，他只想利用我。

然後我還以為他是受害者，去你的！

我不用再擔心會傷害到他，也不用耗神斟酌聲明稿該怎麼寫，我直接發文：「據我所知，我單身。」

直接否認跟 Ken 在一起的傳聞，接著打給磊哥，「幫我把記者聯訪安排在簽書會前半小時，我會全部說明。」

磊哥的聲音聽起來超不高興的，「妳最好是好好處理。」就直接掛我電話。

雖然我很想飆 Ken 髒話，問候他祖宗十八代，但這些事要等這次風波結束過後才做，先解決正事比較要緊。

於是我和美櫻一起演練，推敲明天記者會問我哪些問題，我們沙盤推演到半夜，吃著冷掉的麻辣臭豆腐時，美櫻問我，「妳怎麼看起來好像不怕，妳在感情板上被罵得很慘耶。」

「罵我雙標？」

她點點頭，「而且我還看到很多難聽的字眼。」

我再說：「再怎麼想要一個人，癢的時候還是要找人？」

「妳都看到了？」

我點頭，接著說：「我不是在那些社群網站下面看到的，光我的私訊就一堆了，要不要看屌照？今天特別多！」

我直接把我手機給她，她迅速輸入密碼打開我的ＦＢ跟ＩＧ私訊，看不到一分鐘就把手機一丟，整個人氣瘋了，「告他們！告死這些人！憑什麼這樣亂罵人啊？妳也是人生父母養的耶，媽的，妳每天都收到這種私訊嗎？怎麼都不跟我說？難怪都不讓我幫妳管粉專跟ＩＧ！」

我拍拍她，「沒事，早點睡，明天還要早起！」說完後，我就直接回房間，不是我有多灑脫，而是我不想在美櫻面前流露我的脆弱，如果連我都慌了亂了哭了，她該怎麼辦？

而且，被罵怎麼可能不難過？

當我開始小有名氣的時候，就陸續收到一些攻擊的私訊，說我亂教女人、說我厭男、說我就是沒人愛才希望全部女人都單身、說我活該被拋棄才會變成這樣，各種莫名的辱罵，讓我一度覺得，我不就只是賺個錢嗎？就該承受這樣的攻擊？

我花了很多時間調適我自己、告訴我自己，「妳，算是公眾人物，可受公評。」

但我還是不懂，那些沒買過我的書、看過我任何一個節目和影片、聽過我任何一檔 Podcast，只是跟著別人罵的人，到底憑什麼罵我？就只因為我是公眾人物？我真的不能理解，但也只能強迫自己理解。

幸好，我本來就不是一個追求全世界都要愛我的人，很快就看開一切。

我只希望在自己的工作崗位上好好努力，於是我盡量不去在乎那些跟風式的批評，讓他們去說，而我會盡力去做，可能是這樣默默的耕耘，日子一長，有些原本質疑我的人，反而成了我的書迷，當然也有一路黑我到底的人、常在新聞底下或社群留些酸言的ＩＤ，我都記得清清楚楚。

曾經美櫻幫我蒐集好資料，叫我提告。

我也有股衝動，但最後還是算了，我怕我對簿公堂看到他們，會忍不住幫他爸媽教小孩，最後反倒變成我被告，那豈不好笑了？為了預防這種可能性，我謝謝美櫻的好心，把資料收進抽屜。

總之，雖然會難過，但也習慣難過。

我伸手摸著脖子上特別求來的平安符，繼續告訴自己，沒事的，一切都會沒事的……

隔天我起了個大早，因為根本沒辦法睡，頭一直好痛，全身也有些不對勁，可能是招惹到這種鳥事，整個人都壞了。

我先滑開訊息爆炸的手機，直接滑到我和 Ken 的對話框，他仍然已讀不回。我差點就要把幹字發送出去，卻只能深吸口氣，告誡自己，不能讓自己在對話框裡留下什麼把柄。

接著去淨身沐浴，還做了全身去角質、刷馬桶，希望壞運都從我身上離開，然後換上我本來就準備好的衣服，化了簡單的妝。美櫻敲敲我房門提醒我時間，我從化妝台起身，深吸口氣，一副要去打仗的模樣，眼神閃著堅定光芒，開門走出去。

美櫻看著我，很激動的對我說：「姊，加油！」

我點點頭，抱著今天勢必要把一切說清楚的決心，我下了樓，坐上車，到了簽書會的地點，不曉得是不是因為太緊張的關係，一下車，總覺得腳步有些浮浮的，還有些頭暈目眩。

一走進休息室，裡頭已經有了史上最多的記者，我朝他們微笑招呼，就在我準備開口時，閃光燈和記者的問話此起彼落。

「赫拉，恭喜交男友了，有結婚的打算嗎？」

「和 Ken 是怎麼認識的？」

「交往小十幾歲的男友是不是每天都很開心？」

「是不是體力也比較好？」

「兩人是怎麼決定在一起的？」

「唐妮直播的時候說她很驚訝妳會公開，所以本來不公開嗎？」

「上傳認證照是兩人講好，用這樣的方式公開嗎？」

「有結婚的打算嗎？」

這題不是剛剛問過了？要不要講好？

再問下去，會累積一百題，我直接打斷所有想再發問的記者，「沒有結婚的打算，因為我們根本沒有在一起，跨年只是一起吃飯。大家看到的接吻照片，只是他差點跌倒，角度的問題。另外，會到我家，只是因為飲料灑在他身上，他在大樓大廳洗手間整理完就離開了，根本沒上樓。我也不知道他為什麼要上傳那張照片……總之，我們只是剛認識的朋友。」

但已經不是了，去你的朋友喔。

我解釋完後，面帶微笑的看向記者們，所有人都一臉「妳是在講三小」的表情。我愣了一下，難道是我解釋的不夠清楚嗎？我有些小慌亂的看美櫻一眼，美櫻則是不敢看我，好像我的解釋很瞎一樣，但我說的都是真的啊！

現在到底什麼意思？

我抬頭看著面面相覷的記者們，其中一個比較熟的記者寶哥就對我說：「這解釋很爛耶。」

「寶哥，但我說的都是真的啊！」我真的很冤枉。

但他們眼睛裡，全寫著「我不信」這三個字，我完全錯愕，忍不住再申明一次，「我和 Ken 真的沒有在一起。」

他們仍是看著我，好像在等待我給出真正的答案……

原來，這個世界，

只相信完美捏造後的謊言，

卻不肯試著去了解荒誕的真相。

Chapter 8

Overloaded

某女記者不耐煩的說：「兩個人單獨一起跨年不是很奇怪嗎？不然怎麼不約其他人，妳這樣講誰會信啊？」

整個場面瞬間又吵鬧了起來，記者們你一句我一句的，逼得我連插嘴的小縫縫都沒有，我試著開口，那名女記者不以為然的繼續振振有詞，「昨天問磊哥，他說妳今天會好好說明，我們一早就等在這裡，結果妳就說這些讓人沒辦法相信的藉口……我們是要怎麼寫啊？」

我深吸口氣，「我說的是事實，至於怎麼寫，不是你們記者的專業嗎？更何況我昨天什麼都沒有說，現在不也一堆新聞了？據赫拉密友表示……誰？到底是哪個密友？我也滿想知道的。」

女記者臉拉了下來，氣氛變得更僵。

我繼續說：「這是我跟 Ken 第一次吃飯，我也不知道怎麼第一次出去吃飯就被拍了，而且角度這麼剛好……」

「妳意思是說妳被設計了？」寶哥問我。

「真正的答案，你們可以找 Ken 要，謝謝大家專程來這一趟，我有請助理在隔壁的美式餐廳包場，大家可以憑記者採訪證進去吃飯，希望大家吃得開心。另外還有幾本簽名書放在餐廳櫃檯，如果有需要，可以跟店長索取。簽書會要開始了，我得先做準備，謝謝大家。」

我不想再多說什麼了，我無法從頭開始解釋，我們是怎麼認識、我是怎麼答應他一起吃飯……即便我現在已經氣到不行，我也不想說 Ken 的壞話，那就像是今天我被潑到髒水，再拿髒水潑回去，似乎只要覺得對方比我髒就沒事了，但事實上，我身上也是髒的。

我並不希望是這樣。

我說完朝大家鞠躬致意，美櫻也幫忙引導記者們先行離開。那名女記者最後一個走出去，離開前還看了我一眼，我知道她很不爽，但我也很不開心好嗎？美櫻關上門，轉頭一看到我，差點沒嚇出一身冷汗，衝過來問：「妳還好嗎？妳看起來一臉快死了。」

我點點頭，「沒事，但妳那裡有頭痛藥嗎？我頭好痛。」

「沒有了，上次妳吃完最後兩顆，我說要去補貨卻一直忘了，我現在去買！」美櫻說完就要往外跑，被我拉住，「不用了，我忍一下，結束再吃吧。」

「可是妳要簽完耶。」

「沒事，前年錄影我也是頭痛，結果還不是整整錄了十二個小時，不也沒死？人沒那麼容易死的……」我說到一半，沒再說下去，因為我以前都是這樣想的，但後來潔柔過世，我才知道最脆弱的是人命。

消失就是一瞬間的事，這次的簽書會她不能來了。

美櫻知道我想到不開心的事，連忙倒咖啡給我，「那妳先喝點咖啡，搞不好頭痛會好一點。」

於是我馬上灌了兩杯咖啡，出版社的小雯跟志強也來跟我討論流程，有些擔心的跟我說，不知道是不是緋聞的加乘，外頭來了比預計更多的人，要我有心理準備，可能得簽到天黑。

我點頭，早有心理準備。

很快的，我在小雯跟志強的帶領下走出休息室，準備站上舞台時，突然一陣暈，差點沒跌倒，美櫻連忙撐住我，「夭壽喔，我會被妳嚇死！」我乾笑兩聲，「不好意思啦，頭有點暈……」

美櫻覺得不對勁，伸手摸我額頭，差點大叫出聲，連忙低聲又氣又急的說：「喔幹，妳好像發燒了，我不管了，等等妳上台做分享的時候，我就先去買藥！」我也沒辦法拒絕，只能應好。

我做好準備，一如大家在電視上看到的那般優雅、成熟、獨立、自在，這都要感謝那套壞掉的洋裝，不然我今天出場時的取笑聲可能會超越歡呼聲，接著我坐上了和主持人對談的位置。

開始聊聊這新書，也開放書迷提問，但老實說，腦子昏沉沉的我，根本不知道自己回答了什麼，我發現自己額頭正不停的冒汗，甚至覺得冷，就連主持人都發現我好像有些不舒服，趁著小雯上來幫我調整麥克風時，主持人低聲問我，「妳還好嗎？臉色有點蒼白。」

我還是微笑點頭，「沒事。」

然後抬頭，就看到美櫻表情激動的從人群中跑過來，我看到她出現幾乎快哭了，她是我的救星，只要吃了藥，我就真的沒事了。下一秒，我聽到美櫻後頭傳來一陣騷動，接著定睛一看，跟在美櫻後面的是一堆記者，中年發胖的寶哥也在其中，都跑到快喘不過氣了……

現在是什麼情形？

在場的所有人被記者們的大陣仗嚇到，大家都跟我一樣，完全不知道到底發生什麼事，我驚愣不到五秒，美櫻直接衝過來站在我面前，不顧現場活動還在進行，直接跟我說：「姊，出事了，Ken 剛剛在直播！」

「直播什麼？」我訥訥的問。

美櫻還沒有開口，馬上被一堆記者擠開，還差點跌倒，接著所有記者全都圍到我的面前，現場的工作人員連忙上來制止，再加上書迷抗議的聲音，場面有夠混亂。我本來就頭痛，現在簡直下一秒就要升天。

閃光燈閃得我眼睛完全睜不開，然後記者又瘋狂追問：

「剛才 Ken 直播痛哭，說是妳拋棄他！」

「妳真的是因為戀情曝光，網友不祝福，就馬上跟 Ken 提分手嗎？」

「Ken 說你們是約砲認識的，是真的嗎？」

「他說你們聖誕夜約在飯店的總統套房……」

「有網友說聖誕夜有看到妳在飯店……」

「Ken 說他心寒妳否認到底，但事實就是事實，他有照片可以證明！」

「他說他還是很愛妳，會一直等妳……」

「Ken 說他知道自己比不上妳的事業，但可以體諒……」

「Ken 還大方的祝妳新書大賣，妳有什麼想法？」

「現在網友都在罵妳，妳有什麼話要說嗎？」

我氣到站起身，但全身無力的我幾乎站不住，想說點什麼，卻什麼都說不出口，餘光瞄到眼前的書迷，大家一邊看著手機裡的直播存檔，不時抬頭瞄我，我看到大家眼神裡對我的失望，這讓我更加喘不過氣來。

美櫻知道我身體不舒服，馬上扶著我對記者說：「不好意思，赫拉從昨天就有些不舒服了，我們先讓她休息一下好嗎？」

記者們根本不肯放過我，所有人把我圍成一圈，我用僅有的力氣說：「Ken 說謊。」但記者們不在乎我說什麼，他們只想看我承認、看我心虛、看這一場好戲，因為我承認了最精彩。

剛剛被我嗆的女記者，好像找到一個可以復仇的機會似的，用著有些得意的表情對我說：「就在剛剛，Ken 又發了一篇文，要大家不要怪妳。」

然後照片是我在飯店穿著浴袍，喝茫傻笑的表情。

女記者緊迫盯人的說：「照片都出來了，妳還是覺得 Ken 說謊嗎？」

我無言以對，我怎麼會那麼天真的相信他真的沒有拍照？這世界上還有一個可以存資料的地方叫雲端，我現在只覺得自己被利用的好徹底。

想想我都四十了，卻栽在一個二十六歲的年輕男孩身上，這一瞬間我不想哭，我只想笑。

當我看向所有人的表情，我知道大家現在覺得說謊的人是我，我被判了刑，這個罪是 Ken

給我的。

美櫻可能知道我快撐不住了，情急之下，拿了桌上的水瓶就往空中灑，頓時水花灑落，記者們錯愕閃躲，她趁這機會直接把我拉走，然後在我耳邊持續唸叨：「姊，再撐一下，不要現在暈倒，拜託，真的拜託……」

美櫻按了電梯，拉我進去，電梯門關上的同時，我似乎看到記者們往電梯衝了過來，我覺得好可怕，好想大叫的時候，我就失去意識了。

然後，在我倒下的那一刻，我有個希望。

希望我再也不要醒來。

只是希望這兩個字，大概就跟中樂透頭獎一樣渺茫，我好像做了一場很長、很長的夢，夢裡我被困在很黑的地方，但我沒有害怕，就只是呆坐著，坐了很久很久，當我站起來，試著想去哪裡的時候，我醒了過來。

眼前的一切陌生得好可怕，我在哪裡？

我感到臉頰有股溼熱感，轉頭看去，就見一隻狗舔著我的臉，對著我笑到滴口水。我不怕狗，但我還是嚇了一跳，瞬間彈坐起身，一個重心不穩，整個人摔下床去。

還來不及喊痛，一雙手把我拉起來，語氣平淡的問，「沒事嗎？」我聽到是男生的聲音，無法多做思考，一朝被蛇咬，十年怕草繩，我馬上推開他大喊，「不要靠近我，等等被拍！」

他輕嘆一聲，「這是我家，哪來的記者拍妳？」

我這才穩下心緒，緩緩看向說話的人，居然是周紹光，而那隻狗是小黑。

我呆站在原地，不解的看著他，喃喃自語，「我還在做夢嗎？」

但他回答了我，「應該不是。」他說完，直接朝我耳朵裡塞了東西，我害怕的用力掙脫，退了一步，結果下一秒他說，「ＯＫ，三十七度，妳退燒了！」

我一頓，抬頭看他，他把耳溫計拿給我看，我才知道他剛剛是在幫我量體溫……但這不是重點，重點是我怎麼會在這裡？

我開門見山的直接問，「我為什麼會在你家？」

「因為妳昏倒了。」

「我知道我昏倒了，但我為什麼會在這裡？美櫻呢？誰帶我過來的？」

「我帶妳過來的。」

我完全聽不明白，「什麼意思？」

他深吸口氣，接著仔仔細細的對我說：「因為妳沒有回我訊息，我就去了簽書會，想看看是不是有機會碰到面，結果我剛按電梯要上樓的時候，電梯門一打開，妳的助理就拜託我幫忙扶妳上車，但是記者很快就追過來，她直接把妳推給我，叫我先照顧妳，自己開妳的車引開記者。扶妳上車的時候，我才發現妳在發燒，但我想現在去醫院也不適合，只能先帶妳回家。」

我聽著他的說明，更加不能理解，「你怎麼可能沒有把我推向記者，你不是希望看到我很慘嗎？你看到了啊，應該很開心吧，怎麼還會帶我回家？」我瞬間一凜，警戒的看著四周，「你也想利用我是嗎？」

我不可能再被騙第二次，我直接轉身要走，他一個大跨步站在我面前，拿出他的手機，點開螢幕後遞給我，我原本不拿，但他硬塞，我只好拿起來看一下。

是新聞頁面。

「赫拉簽書會中逃跑，留下上千名書迷白等。」

「網爆：赫拉不是第一次約砲，喜歡小鮮肉！」

「昔大學同學爆料，赫拉全身整型過！」

「一波未平一波再起，高中同學再爆赫拉找已婚男老師私奔。」

「赫拉風暴，昔同學嘆：以她的個性，早晚會有這天！」

「赫拉故意弄壞設計師衣服，嗆：我有的是錢！」

「赫拉捲負面新聞，代言陸續被撤！」

我越看越傻眼，不敢置信，越滑越多，全都是我的新聞，怎麼才一下下就變成這樣？我這才看到新聞日期，我的天啊，已經是簽書會後兩天了，我震驚的看向周紹光，「我睡了兩天了？」

他點點頭，「我有試著打電話去妳的經紀公司，想找妳的助理，但沒有人要理我。妳要不要先打給妳的助理？妳記得她的手機號碼嗎？」

我看著周紹光不再用仇恨的眼神看我，我覺得十分不自在。

他不是恨我嗎？我甚至沒有跟他解釋，當天手機不知道被誰拿走的事，他怎麼會對我這麼寬容？但我現在沒有時間和心情問他，我現在是一腳踩在地獄裡的人，很快有可能直接摔下去，我只能先想辦法救救我自己。

於是我拿了他的手機，撥打電話給美櫻。

一接通，吳美櫻聽到我的聲音就大哭出聲，我還要安慰她，「妳先不要哭，我沒事，妳想辦法來接我……」

我話剛說完，美櫻的手機好像就被搶走，回應我的是磊哥的吼叫聲，「邱星，全公司都在幫妳擦屁股，妳人去哪裡逍遙？妳什麼時候也變得這麼不負責任？妳跟我說會好好處理，現在呢？處理個屁！妳到底在搞什麼鬼？妳知道妳害公司損失多少錢嗎？我警告妳，現在有兩間公司還沒撤代言，如果妳不回來好好解決，連最後兩個代言都沒有了的話，那我跟妳的合約也到此為止！我這間小廟，供不了妳這個大佛！」

磊哥說完，直接掛我電話。

我再一次打給美櫻，請她來接我，無論如何，我的手機、錢包、車子都要先給我，我才有辦法行動。美櫻問我地址，我把手機遞給周紹光，讓他自己說比較清楚，接著他結束通話，跟我說：「妳助理說半小時後到。」

「謝謝，你手機能再借我一下嗎？」

他直接把手機給我，我有些無力的坐到沙發上，滑著所有網路平台，這些反應跟謾罵都在預期之中，被不認識的人用如此難聽的字眼辱罵，簡直可以死三千次，但沒關係，只要我好好解釋，我相信這關會過去的，沒事的，一定會沒事的……

大家現在只是情緒比較激動，過兩天氣消就會好了，我得要想辦法好好彌補我的書迷，就算要我一個個去道歉，我都會做，好好說明自己只有開眼頭跟做鼻子，應該還好吧？現在大家都在做醫美啊，而且就算真的約砲又怎麼了？自己的身體自己負責！我也沒有對不起誰……

突然一杯茶放到我面前，「洋甘菊茶。」他說完坐到另一邊去。

我看著他，然後放下手機，忍不住問：「你還沒有回答我剛剛的問題，為什麼要幫我？」

「因為那天在日本料理店，妳跟老闆說的話，我都聽到了。」

我錯愕，「你不是走了嗎？」

他點點頭，「但我東西忘了拿，折返回來時，剛好聽到妳問監視器的事，我就……」

「聽完全部？」我接著說，他點點頭。

我有些不爽，「你也滿現實的，知道誤會我了，態度就不一樣。」

他也不避諱，「是啊，換作是妳不會嗎？自己的妹妹明明已經憂鬱症了，再看到那樣的訊息，妳能不為她心痛嗎？就是妳的帳號傳的，我也只能恨妳不是嗎？」

我再次傻眼，「你妹妹？潔柔明明就是獨生女！」這是她告訴我的，還說她媽媽在她高中時乳癌過世。

他深吸口氣，「潔柔是我同母異父的妹妹，我爸家暴，我媽訴請離婚，嫁給林叔叔後生下潔柔，雖然不常聯絡，但我們感情一直很好。」

原來是這樣，「我還以為你是那個很糟糕的前男友。」我說。

他無奈的搖頭，「潔柔從來沒有跟我說過感情的事，我甚至不知道她有憂鬱症，偶爾見面，看到的都是她開朗的樣子。好幾年前，我鼓勵她，說只要她找到工作，就帶她吃聖誕大餐，我一直沒有做到，反而是她走了，我才……」他自責得紅了眼眶，這是我第一次看到他這樣的眼神，畢竟每次看他，都是瞪著我的。

「她出事的時候，林叔叔怕我承受不住，沒有第一時間告知我，我是在兩個月前決定回台灣，想約潔柔見面才知道這件事，林叔叔把潔柔的一些遺物給我留念，我才在手機裡看到妳們的訊息。」

真相大白，不管是我對他的誤會，還有他對我的。

我們對看一眼，原本是針鋒相對的相處方式，突然變成和平共處，我們都有些不習慣，但他還是滿大器的向我道歉，「對不起，對妳說了那些難聽的話。」

他說的沒錯，換作是我，我能不激動嗎？更何況，我現在也沒有力氣再去怪誰，我自己都快面目全非了，至少，能解開一個誤會，還是讓我心裡好受一些，我點點頭看著他，「你的道歉我接受。」

他有些訝異的看著我，好像疑惑我怎麼能夠這麼輕易接受，我聳聳肩，「謝謝你幫我，就當扯平，而且我還是會想辦法，把拿我手機亂傳的人找出來，無論他用什麼心態傳，他都欠潔柔一個道歉。」

「謝謝。」他說，接著又有些欲言又止的模樣，我忍不住直接問，「還有什麼事嗎？」

他思索了一會，才緩緩說出，「潔柔的手機不見了。」

我瞪大眼睛，一臉錯愕的看著他，他以為我沒聽懂，再重複一次，「她手機不見了，潔柔的手機，我明明就放在口袋，但那天去拜拜之後，回來就找不到了，我隔天還跑回生命園區找，問管理員，也說沒有人撿到。」

「所以你傳訊息給我，是要問我有沒有看到手機？」我問。

「對。」

「抱歉，我沒有看到。」我說，他也一臉意料之中的點點頭，接著眼神閃過愧疚。

我知道弄丟重要東西會有多難受，但我也不知道怎麼安慰他，我看著手上的星星手鍊，頓時覺得我比周紹光幸福，潔柔留給我的禮物還在，而他能紀念妹妹的物件卻不見了，我忍不住問他，「你應該還有其他可以紀念潔柔的東西吧？」

他點點頭，「當然有，只是我居然把她的東西弄丟……而且現在我更擔心的是，怕妳惹上麻煩，潔柔的手機沒有設密碼，我怕訊息被看到的話，會被有心人士拿去利用……」他臉上的表情越來越是歉疚。

「不會這麼倒楣啦。」我安慰他，也安慰我自己，如果真的衰成這樣，就表示我該退出這個圈子了，不然能怎麼辦？十年一運，天公伯覺得過去十年我過太順，是時候讓我挫折一下吧。

見他仍有些自責，我只好假裝瀟灑的往他手臂一拍，口氣好像我才是天公伯一樣的對他說：「沒事啦！會沒事的，真的！」他點點頭，表情正常了一些。

此時，他家的門鈴響起，我驚呼，「應該是美櫻來了！」

周紹光連忙起身去開門，果然美櫻走了進來，然後用一臉人生到盡頭的表情看我，我第一次看她這樣，馬上過去關心，「這兩天磊哥是不是為難妳了？」

美櫻抬頭看我，眼淚掉了出來，哽咽的說：「妳該怎麼辦啊？」

我完全聽不懂她在說什麼，接著下一秒，美櫻看向周紹光，開始對他拳打腳踢，「你這個王八蛋，你怎麼可以這麼做，不是說了不是我姊做的嗎？你到底要怎樣？虧我還以為你是好人，願意幫忙，結果下一秒就捅我姊一刀！」

美櫻好像打算殺了周紹光一樣，發瘋似的打著。周紹光整個人也亂了，一臉莫名其妙，但他沒有回手，只是閃躲著。我趕緊從後面抱住失控的美櫻，「好了啦，妳到底在幹嘛？冷靜好不好？嫌現在事不夠多嗎？還是嫌我不夠煩？」

美櫻一聽，瞬間停手，接著轉過來抱著我痛哭，我和周紹光對看一眼，完全不知道剛才那兩分鐘她到底在鬧什麼，我輕輕拉開美櫻，想把事情問清楚，「妳到底怎麼回事？」美櫻看著我，眼淚不停掉著，接著把手機拿出來……

我重重一嘆，「別擔心，新聞我剛都看過了……」

「是最新的。」

又來了，有完沒完？

美櫻把手機遞到我眼前，斗大的新聞標題寫著，「赫拉醜事爆不完，粉絲求援，竟叫粉絲去死！」

我瞬間心像沉進谷底，點進去看，裡頭竟有我和潔柔對話的截圖，記者用推測性的文字，再附上潔柔過世的新聞連結，強化整個故事的真實性，文末還寫了一句，「記者推測，這名書迷就是年初跳樓自殺的林姓女子，我們聯絡到林姓女子的父親，但林伯伯表示過去的事就過去了，所以現在能做的，也只有等赫拉願意出面說明。」

是在講三小？

我和周紹光面面相覷，我看到他緊握拳頭，知道他現在有多憤怒，畢竟潔柔的事，又一次被攤到陽光底下，我們兩個都是需要被安慰的人，無法再安慰彼此，他深吸口氣看向我，一臉愧疚，又再說了一句，「對不起。」

我搖搖頭，對他說：「謝謝你這兩天的幫忙，我們先走了。」說完直接拉了美櫻離開。

下樓的時候，美櫻一直想掙脫我，回去找周紹光算帳，我忍不住大聲，「好了，不是他，周紹光剛才告訴我，潔柔手機不見了，可能真的被有心人士拿去爆料了。」

「妳相信？搞不好就是他去爆料，再騙妳說手機不見！」

「如果他要爆料早就去爆了，何必等到現在？」

「落井下石啊，趁妳現在正倒楣，再補妳一腳！」

「那他為什麼要收留我兩天，直接把我踢出門不就好了？」我現在對任何人都感到恐懼，我並不是不怕再被騙，但我仍然相信剛剛周紹光自責的眼神是真的。

美櫻一聽，也無法反駁，「那到底是誰？」

「是誰不重要了，先回公司一趟。」

正當我要打開老公寓的一樓大門時，美櫻先把我拉住，迅速的幫我戴上帽子和口罩、穿上外套，然後拉著我往外走，一把將我推進一台陌生的轎車。等她一上車，我馬上問她，「這誰的車？」

「保羅的，妳的車我開回妳家放了，現在開妳的車，會各種被鎖定好嗎？妳家樓下有一堆狗仔在等，公司門口也一堆，不換車怎麼行！」

我點點頭微笑，「妳很棒。」

她紅著眼睛問我，「妳怎麼還笑得出來？」

「還是妳希望我哭？但不好意思喔，我哭不出來。」我不是不會害怕，也不是不會緊張，原以為高中被欺騙感情就是世界末日，但不是，我還是好好的活過來；也曾以為我媽死了，我從此人生慘淡過日，但也沒有，還是吃飽睡飽活到了這個年紀，我想，再苦再痛都會過的吧。

對吧？沒事的，會沒事的……

「我的手機呢？」我現在最擔心的只有我爸。

趁著停紅燈的時候，美櫻把我的手機給我，「我有幫妳充電了。」

「感謝。」

我一開機，各種鈴聲訊息聲響個沒完，美櫻無奈重嘆，我只是苦笑，總共有快兩百通未接來電，我爸一個人就打了三十幾通，訊息跑了三分鐘跑不完，我先點開我爸傳給我的訊息，雖然已經有心理準備，但還是免不了被他的話刺傷。

「妳到底都在幹什麼？」「丟不丟臉啊妳！」「約砲？妳這是把自己當香爐嗎？」「我是這樣教育妳的嗎？妳真是丟光我們邱家的臉，現在大伯父、叔叔、姑姑都打來關心了，妳叫我還要不要做人？」「不敢接電話是不是？這輩子都別接了，妳真是沒有羞恥心！」

他罵我的話，我都還沒有看完，就看到他來電了。

我也只能硬著頭皮接起，「喂。」

我爸似乎是氣瘋了，我猜他看到最新的新聞了，我聽到他在電話那頭急促的呼吸聲，等到他終於能出聲了，就是一陣破口大罵，「妳出去不要說妳是我女兒！我真的是對妳失望透頂！妳在台北都是在幹這些事嗎？妳怎麼可以叫粉絲去死？妳怎麼變得這麼壞？早知道妳這副德性，出生時就該把妳給掐死！我現在都不敢出門了，拜妳所賜，我邱某人要被人恥笑終身了！」

我聽著我爸毫不留情的辱罵，就是沒有一句關心我，我忍不住淡淡回他，「還是我去死？我如果死了，你會不會比較敢出門？你會不會就不丟臉了？但我死了，就沒人賺錢給你花了，也沒有幫傭阿姨讓你使喚了，我想你還是不會希望我死對吧？那你就別打給我了，過你的日子吧，我的事我自己會處理。」我語氣平靜的講完這段話後掛掉，只見美櫻一臉傻眼的模樣。

我還得提醒她，「綠燈了。」

「妳真的瘋了。」

「早該瘋了。」

我看似冷靜的繼續滑手機，但心臟猛烈的跳著，好像要從嘴裡跳出來一樣，不管是FB的粉絲專頁還是IG，都湧入了大量的留言跟訊息，當然有七成全是罵我的，有兩成是來看戲的，有一成是繼續為我說話的死忠粉絲，但最讓我心痛的是，粉絲傳來把我書丟掉的照片，再搭配一句，「我對妳很失望。」

這讓我眼淚掉了下來，我讓喜歡我的人難過、挫折、生氣，而此時此刻，我甚至不知道該怎麼安慰他們……

美櫻瞄了我的手機一眼，拍拍我，「大家只是氣頭上。」

我沒有回應，就這樣看著窗外，不停的抹去眼眶裡的淚水。

直到美櫻載我到公司附近時，我整個人警戒起來，遠遠的就看到公司門口有記者在等，美櫻馬上說：「放下椅背。」我立刻照做，接著美櫻開車經過他們，迅速的轉到地下停車場，我們走了安全梯上去，一進公司，我立刻感到全公司投向我的怨恨眼光，門口堆滿了書迷直接不要退回來的書。

我直接走向磊哥辦公室門口敲門，他喊了一聲，「進來。」

我進門後，磊哥已經坐在沙發上，看也不看我一眼。「先坐。」

我也過去坐了下來，才剛要開口的時候，磊哥把旁邊資料袋裡的文件拿出來遞給我，我一看，竟是解約書，我整個人傻住，不能接受的看向磊哥，他仍舊沒有看我，淡淡的說：「我說了，如果最後兩個代言也被撤掉的話，就要解約。小星，我救不了妳。」

「所以你不相信我？」

「不是相不相信的問題，是現在搞成這樣，我不做點什麼的話，公司名譽整個都受損了，原本約砲感情問題都算了，現在多一個叫粉絲去死，公司電話都被打爆了，妳叫我怎麼辦呢？撤代言的部分，有些還得付違約金呢！我想了想，這些都公司來處理，但妳得要無條件跟我們解約，這算是磊哥最後能幫妳的……」

沒等磊哥說完，我直接說了一句，「筆呢？」

磊哥兀自錯愕的時候，我已經起身去他辦公桌，拿筆把解約書給簽完了，接著向他鞠躬致意，「謝謝磊哥這幾年的照顧，造成你和公司同事的困擾，真的很抱歉。」

磊哥不解的問我，「妳不生氣？」

我沒回答他，直接離開他的辦公室，走到辦公區對著大家說：「對不起，給大家添麻煩了，真的很不好意思，這幾年謝謝大家的照顧！」道歉的話說完，同事們原本還怒氣滿滿，也瞬間感到莫名慌張的猛搖頭。

我走向凱蒂，「凱蒂，不好意思，可能要麻煩妳把這些書寄到我家，我自己處理就好，謝謝，運費就貨到付款吧。」

凱蒂傻眼，「這麼多，妳家怎麼放得下……」

剛去完洗手間回來的美櫻，見辦公室氣氛不對勁，再聽到我跟凱蒂說的話，馬上衝過來拉住我，「姊，妳幹嘛？」

「我和公司解約了，妳就留在公司好好幫磊哥，我的東西都給我吧！」所有人都同時倒抽一口冷氣，可能沒有想到會這麼嚴重。

美櫻難過得說不出話來，動也不動，但能怎麼辦呢，我知道她不想要我離開，但人生所有決定本來就沒辦法讓所有人滿意，更何況我的人生也永遠沒辦法去滿足任何人啊。

我巡視了一圈，看到我的東西就在美櫻桌上，我直接過去拿走，然後頭也不回的往外走去，美櫻追了出來，哭著跟我道歉，「姊，對不起！」

「妳發什麼神經？」

「都怪我啊，沒事幹嘛湊合妳和 Ken，如果我沒有這麼做，今天什麼事都沒有了！」

「這世界上最沒有意義的三個字，就是早知道，誰曉得會不會還有別的事發生？妳別想太多了，妳也需要收入，就好好工作，知道嗎？」我說完，她還是擔心的看著我，我向她保證，「我真的沒事，也不會有事，妳現在腦子裡想的那些有的沒的，都不會發生，OK？」

她只能吞下眼淚點點頭，接著說：「那我送妳回家。」

「不用，我自己回去。」

「不行，外面那麼多記者……」

「我走小路就可以，這裡我也混了十年，不會有記者比我熟，而且我現在不是公司的人，妳送我是私事，等等被罵，現在沒有我罩妳，妳自己不要再那麼白目了，聽到沒有？」

美櫻又哭到不行，「這樣好了，我上網澄清，說是我約 Ken 的，我有我們聊天的紀錄，他還有撩我，他才是壞人啊！而且明明都是我害的，跟妳一點關係都沒有，妳為什麼不生我的氣？」

「好啊妳去說啊，那保羅跟妳解除婚約怎麼辦？」

美櫻錯愕的看著我，「妳怎麼知道他跟我求婚了？」

我指指她手上的戒指，苦笑一聲，「妳一定很想跟我分享，但看我最近這麼倒楣，也不好意思跟我說自己有多快樂對吧？可是美櫻，我現在也沒有不開心，我反而有一種，好吧，總算可以放假的心情，所以妳不要覺得是妳的錯。」

「姊……」

「好啦，快進去，快點！不然等等又害我被罵說，要走人還要帶走人！」

美櫻一扁嘴，咬牙哭著跑回公司，進去前還不忘對我揮手，我笑笑的朝她揮手回應，接著轉身離開，走著以為只有我才知道的小路，結果還是被記者發現，開始在公司後巷你追我跑。

當我跑到沒力，覺得真的要放棄人生的時候，突然一隻手把我拉到某個回收箱後面，假裝在處理回收衣服，讓我躲過了記者的追殺。

我氣喘吁吁的問周紹光，「你怎麼在這裡？」

周紹光沒回答我這個問題，只說了，「我送妳回家。」接著把手上的外套套在我身上，摟著我迅速的上了他的白色小車。

「這車應該有二十年了吧？」我看到後照鏡裡，後方排氣管正不停冒出白煙。他看我一眼，有些不能接受的說：「現在是問這種問題的時候嗎？」

「不然該問什麼？你吃飯了嗎？」

「妳為什麼不對我生氣？」

我真的無奈，轉頭看著他，有些發洩性的說：「為什麼大家都要叫我生氣？磊哥問我為什麼不生氣，但我要怎麼生氣？事實上我的確給他帶來很多麻煩啊！美櫻問我為什麼不生她的氣，但答應赴 **Ken** 跨年約的人是我啊！你問我為什麼不生氣，是你截圖傳出去的嗎？」

他搖頭，我苦笑，「所以我要氣你什麼？我當然覺得很莫名其妙，怎麼會突然就發生這些事，我也檢討我自己，到底是哪裡做錯了，怎麼一夕之間變成被所有人憎恨的對象？我到現在還是完全想不透，他媽的現在到底是想怎樣？但生氣有用嗎？還不是都發生了？」

他愣愣的看著我，我也不想再多說，直接說了我家地址和謝謝後，乾脆閉上眼睛。不知道過了多久，他推推我，「到了，但門口有不少記者，妳可以嗎？」

我看了一眼，少說有十組人馬在等我，我只能拜託周紹光，「你可以開到後門嗎？我從後門地下室那邊進去。」他點點頭，於是我們繞了大樓一圈，後面居然也有一組記者。真的沒完沒了，煩死人了。

周紹光馬上提議，「我去引開他們，妳趁機跑進去。」他一說完就直接下車，突然往那組記者衝過去，拿了他們其中一個人的背包就往旁邊跑，那組記者和攝影師傻眼，追了過去，我趁這個時候迅速下車，刷感應卡想進門，卻發現根本進不去。

我當下愣了五秒，是走錯棟嗎？我還仔細的看了一眼大樓外觀，確定是自己住了好幾年的地方才又再試一次，但仍然沒辦法開門，我很擔心記者再回來，只好先回到周紹光的車上。

果然，不到兩分鐘，那組記者和攝影就提著背包回來了，一邊破口大罵，「ㄉ年冬搞肖朗，真的有病！」「檢查一下東西有沒有不見。」「沒有啊，所以他是不是瘋子？」

下一秒，駕駛座門就打開了，周紹光迅速的坐了進來，但他看到我還在，嚇了好大一跳，氣喘吁吁又不解的看著我問：「妳、妳怎麼還在這裡？」

「感應卡用不了，好奇怪，不好意思，再給我五分鐘，我問一下房東。」

我找到房東電話，撥了出去，她也很快就接了，我馬上跟她說：「阿姨，為什麼我的感應卡不能用了？」

「不是啦，妳都沒看訊息嗎？我不租給妳了。」

講三小？

「什麼叫不租給我？」

「我們合約本來就到期啦！」

「之前不是說好，除非我有確定說我不續住，不然都以續約為先，這陣子我比較忙，一直忘了跟妳說要再簽新合約。」

「那就是沒有新合約啦，我兒子要娶老婆了，打算這間給他當新房，所以我本來就想說租到今年合約結束就算了。再加上妳最近新聞這麼亂，有不少住戶都在投訴樓下有記者，造成大家的困擾，妳趕緊跟那些記者說妳搬走了……」

「但我沒搬走啊！」

「妳東西我都請搬家公司先打包放到倉庫了，地址跟密碼我也傳訊息給妳了，妳都沒有看到嗎？我不是沒有跟妳聯絡，是妳一直都不接電話，也不回電話，我也是沒辦法啊，找的裝修工班等著開工呢，妳就多少體諒一下。」

原來無家可歸才會讓我想哭，要不是周紹光在這裡，我應該會直接大哭一場。我忍著眼淚說：「但我的車子還在停車場。」

「不然妳看安排什麼時候，我再來幫妳開門。下星期好了，我這星期跟扶輪社在花東旅行呢。」

我無力的結束通話，然後對周紹光說：「送我去最近的飯店吧。」

周紹光只是看了我一眼，接著發動引擎開車離去。我看著窗外，很想大哭一場，可這一瞬間，眼淚卻怎麼都流不下來。

連哭也不能隨心所欲的感覺，太悲傷了。

每當以為自己在谷底的時候，
老天爺總會狠狠的賞你一巴掌，
然後笑笑的告訴你，
這裡，還不是。

Chapter 9

How to do……

我不知道自己怎麼會在周紹光的車上睡著，也不知道睡了多久，再次醒來，他居然也在旁邊睡，這到底什麼概念？我直接搖醒他，他醒了之後，對我說了一句，「下車吧。」

我看向窗戶，黑漆漆的，但我知道這是哪裡，他家外面巷子。

我嘆了口氣問他，「我不是說隨便找間飯店住嗎？」

他沒說話，直接走到副駕幫我開門，「先住我家吧，是我弄丟手機，害妳又出新聞。」

我直接下車，然後對他說：「真的不需要，我沒有怪你……算了，我自己攔計程車去吧！」

我轉身走，他又攔住我，「妳不怕消息走漏，記者又去堵妳？」

「那也只能到時再說。謝謝你。」我直接離開，因為不想再造成任何人的困擾，我的事情影響到我自己就行，我沒力氣再去對不起別人。

周紹光知道攔不住我，只能讓我走。

於是我就在晚上，像瘋子似的戴著墨鏡、口罩一直往前走，周紹光家有些偏僻，所以我走了好長一段路都沒有半台計程車，但也因為這樣，路上沒什麼人，所以也沒有人覺得我是神經病，我自在很多。

在叫不到車的路上，路邊卻有便利商店，這讓我有些小驚喜，畢竟我都不知道自己有多久沒有吃東西了，我現在只想先吃點東西再說。我走進便利商店，心裡有些忐忑，但見店員是個有年紀的伯伯，我又安心不少，他應該不會知道我是誰。

於是，我快手快腳的拿了一些不用微波的食物去結帳，一句話也沒有說的躲到店裡最角落的位置，背著門口，開始吃了起來，邊吃邊覺得想笑，原來，我還吃得下。

我的生命力還真頑強。

就在我吃完第二個三角飯糰的時候，我聽到後方傳來爭執的聲音，一道女聲氣喊著，「你怎麼可以把我們的結婚基金拿去賭？你憑什麼？」

男聲不耐煩的回應，「我也只是想拚一次，搞不好有機會買房子，妳是在大聲什麼？」

「我大聲？你現在還嫌我大聲！從你前年被裁員之後，房租什麼都我在付，連你的手機費也是我出的，我每天累得要死，就是希望你有一天振作，可以趕快找到工作，我們就可以結婚了，你現在這樣是要逼我分手嗎？」

男聲突然像發瘋似的大吼，「妳敢跟我分手？妳敢！妳是不是外面有男人了？妳這個賤女人！」

接著我聽到女生尖叫的聲音，忍不住回頭看去，就見男子在毆打女子，而店員阿伯則是害怕的躲在櫃檯後面，想當沒看見。我見那男人的拳頭又要往女子臉上打去時，下意識的拿了手上的豆漿走過去，直接朝他臉潑。

然後馬上轉頭跟阿伯說：「打電話報警啊！」

阿伯回我，「我不敢啦！」

我超傻眼，但也來不及傻眼，因為男子一下就抓住我，氣憤的朝我大吼，「幹，妳是在衝啥小？」

「是我要問你在衝啥小吧？打什麼女人啊，廢物！人家都幫你那麼久了，你還這樣自甘墮落，大家都人生父母養，你憑什麼動手？到底多渣多爛才會拿結婚基金去賭？」我說完，直接往他小腿踢去。

他痛得蹲了下去，嘴裡不停罵著髒話，我轉頭看向那個女生，她一臉震驚的看著我，我也震驚的看著她，頓時想起她就是簽書會那天嗆我的女記者，但現在這都不重要，我也不在乎她會怎麼寫我，我只能趕緊提醒她，「妳還不快走，這種爛男人，碰上了不快點逃，妳到底有多愛被虐？還是妳覺得妳自己只配這種人愛？醒醒好嗎？快走！」

我喊完還忍不住伸手推她，她這才回神，轉身跑走，我對著她的背影喊，「記得去驗傷啊！有沒有聽到？」

男子起身還想追出去，但被我拉住。他轉身就給我一巴掌，我頓時頭昏腦脹的跌坐在地，男子像發瘋似的還想打我時，已經被人一腳踢倒在地，我好不容易定睛一看，又是周紹光，他伸手拉我起來，臉色有夠難看，就跟我第一次看到他時的臭臉一樣，他拉著我走人，離去前還狠狠踢了那個渣男一腳，渣男痛得唉唉叫。

很棒，我第一次欣賞周紹光。

這次他一句話都沒有說，直接幫我戴上安全帽，然後用無法容許我拒絕的氣勢說：「上車。」

我想如果語氣會殺人，我現在差不多走到奈河橋。

可能我心裡下意識的還沒有想死，所以勉強上了他的車。一回到家，小黑躺在牠的窩，懶洋洋的看著我，尾巴甩了兩下，意思像在說：「喔，你們回來啦！」我舉起手回應牠的招呼。

我才剛放下包包，周紹光就往我手裡塞了一套衣服，「去洗澡，先穿這套衣服，明天再找時間去倉庫拿一些妳的東西。」

「我真的可以去住飯店，再慢慢找住的地方……」

他就是沒有要理我，指著洗手間的方向，「廁所在那邊。」他整個人散發出來的感覺就是，拎北沒有要跟妳多說什麼，妳最好照著我的話，快點去做就是了。

對付一個不想跟你溝通的人，就是安安靜靜，繼續看他要怎樣就是了。

我只好去洗手間，換下這件穿了不知道幾天的洋裝，看著我脖子上的平安符，頓時有點諷刺，但其實也不諷刺，雖然我很倒楣，但倒也算平安。我拿下平安符放好，開始洗澡，當熱水沖在我身上時，我真的覺得人生沒有什麼好過不去的，再怎樣都還有熱水澡可以安慰我，可惜沒有浴缸，不然就是天堂。

但人不能貪心，這樣就夠了。

在我好好的洗完頭髮、洗完澡走出來的同時，吹風機直接出現在我眼前，周紹光把吹風機放到我手上後，又走進廚房。既然吹風機都在我手上了，有不吹的道理嗎？

於是我再把頭髮吹乾，然後一轉身，就看到周紹光端了兩碗麵出來，對我說：「吃點東西。」

我直接坐到沙發上，開始吃著麵，邊打量他屋裡的一切。屋子很舊，但他打理得很好、很簡單乾淨，我忍不住說：「你房子應該可以直接當民宿，很多人會搶著住，滿文青的。」他沒說話，只是看了我一眼，繼續吃麵。

好吧，不想聊，就別聊。

我就專心吃麵，很快的，一碗海鮮湯麵馬上被我吃完，他這才看著我說：「還要嗎？鍋裡還有。」我點頭，他馬上幫我再盛了一碗，然後拿出一罐辣椒醬給我，「忘了妳也喜歡吃辣。」

沒關係，還來得及。我在那碗湯麵裡狠狠的加了三大匙辣椒，舒舒服服的吸了一口麵，馬上驚呼，「這是那間牛肉麵店的辣椒醬！憑什麼你買得到？」我每次問阿姨有沒有單賣辣椒，都給我說沒有！

「我沒買！賣牛肉麵的是我表姑，她炒好辣椒醬都會給我幾瓶。」

可惡，「我羨慕你。」我淡淡說完，繼續把麵吃完，想把碗拿去洗，周紹光直接搶過碗，「我洗就好了。」

我再把碗搶回來，沒好氣的說：「你好煩，我就沒怪你，你硬要在那邊當我佣人贖罪幹嘛？奇怪了，我有要接受嗎？你也是受害者不是嗎？」我瞪他一眼，接著把他的碗也搶過來，對他放話，「你煮麵，我洗碗，分工合作！」他愣了一下，但沒有再反對。

我把碗洗好，走出廚房的時候，他又把我叫過去，我坐到沙發上，一臉無奈的問他，「又怎麼了？」

下一秒，我的臉頰瞬間冰凍。

他拿了冰敷袋幫我冰敷剛剛被那男子打腫的左邊臉頰，還問了一句，「妳不痛嗎？」

痛啊，但也不知道是不是痛久了，已經沒什麼痛覺，「只覺得熱熱的。」我說。他冷冷看我一眼，「如果我不是剛好要去買東西，妳打算怎麼辦？真的讓警察來，然後又出新聞嗎？妳自己都那麼多事了，為什麼要強出頭？」

「難道要我看著那女生被打死嗎？出新聞又不是第一天，別理就好。」

他突然把冰敷袋一丟，生氣的對我說：「妳就這麼高估自己？就不怕哪天突然想不開，然後就……」他說到一半停口，我心裡也一凜，兩人對看一眼，下一秒，他懊惱的起身離開，消失在某扇門後。

我終於知道他為什麼執意要我回他家住了，他怕我會想不開，走向跟潔柔一樣的命運。我瞬間驚覺，傷痛是很難在心裡消失的。我自己也是這樣的。

初戀的痛、媽媽過世……還有這幾年來跌跌撞撞的痛，都還一直在心裡，我選擇與傷痛共存的方式是忽略，不想、不提就不會痛，但只要一提，就會像根刺一樣，不時扎在心頭上。

可是什麼叫真正面對呢？

我從不曾告訴任何人，一定非得要勇敢面對，我總覺得，時間到了，事情就會解決的，不必勉強自己，難道是我錯了嗎？我該把傷口撥開，想辦法處理裡頭的惡膿，傷痛才真正會好？

我不知道。我再拿起冰敷袋繼續冰敷，無法再想那些傷痛，我得先對得起那些因為我而受傷的人。我放下冰敷袋，拿起手機，把將近兩千封訊息全都看過，無論是批評還是鼓勵，我一律說一聲謝謝。

接著，拿起桌上的筆、一張紙，寫我最真摯的道歉信。

我對不起所有喜愛我的人，並不是因爲我做錯事，而是近日來發生的這些事，讓他們感到難過傷心。

我對不起那天在簽書會等不到我的書迷，你們的憤怒和失望我都知道，沒有任何藉口，我眞的很對不起你們。還有因爲我而被連累的廠商，謝謝你們一直以來對我的支持和喜愛，讓你們遭受無妄之災，我眞的很抱歉。也謝謝公司的栽培，這陣子害所有同事爲我焦頭爛額，我在這裡向大家再道歉一次，我也決定和公司解除合約，想罵我的人，別再打去公司，我已經不是MM經紀的人。

最後，我想說些我有做的事。是的，高中時，我的確愛上隔壁學校的男老師，但我並不知道他有婚約。對了，我高中時叫作邱水仙，歡迎大家查證，當初那位男老師是不是一直以單身自居。另外，我也眞的有整型，我開了眼頭、墊了鼻子，都是在美之花醫美診所做的，那裡有我的病歷，但報我的名字已經不會打折了。

接著，是我完全沒做的事，我再重申一次，我從來沒有跟 Ken 在一起，希望大家別因爲同情他說被我甩，而用力的在他的電商消費，請買自己想要且需要的東西，這才是眞正的消費原則。另外，我也從來沒有傳過任何負面訊息給我的粉絲，如果有，我出去就被車撞死！還有，Ken，請你刪掉任何我的偷拍照，否則我會請律師告到底！

對願意相信我的人，我非常感謝，不相信我也沒有關係，但別罵得太難聽，時間會打你們的臉，雖然你們可能也是臉皮厚到不覺得痛。最後的最後，我還是要再一次謝謝至今仍支持我的人，眞的謝謝你們。

我拍下手寫的文字，傳到我的FB跟IG，頓時覺得心情舒爽許多。不到一分鐘，周紹光又從那扇門走了出來，拿著手機，一臉恨鐵不成鋼，「妳就不能好好說嗎？」

看到他的手機螢幕是我的IG，我笑了笑，「你有追蹤我喔？還有開啟通知？馬上就知道我發新的文章？」

他擔心的坐到我旁邊，「妳這樣一定會被罵，大家會說妳囂張。」

我點點頭，接著問他，「我還是睡原來那間房嗎？」

換他點點頭，「這裡只有一間房……」然後繼續著急的說：「妳要不要把一些挑釁文字拿掉，比如出去給車……」

「那我們是要一起睡嗎？」我再問。

他嚇了一跳，「當然不是，房間給妳睡……」

「謝謝。」我給了他一個微笑後，推開他，逕自往房間走去，把門關上前，我還對他說了一句，「晚安。」

他過來拍門，不放棄的繼續遊說，「邱星，我真的覺得妳這樣寫不太好，妳要不要重寫……」

我躺在床上，只覺得他喊我名字還滿好聽的，不過，這都不會成為我再坐起來重寫的動力，我現在只想休息睡覺，而且什麼叫挑釁文字？說想說的話怎麼了嗎？以前再不爽，都得要把話吞回去，不是我怯戰，而是我不想讓跟我一起工作的人困擾，難得可以毫無顧慮的當一次自己，我有什麼好不能說的。

我拉起被子，才剛閉上眼睛，就好像整個人被床吸進去，我直接睡著、睡翻，好像要把幾年沒有好好睡的份，全都睡回來一樣，睡到周紹光進來叫我，拍著我臉，確定我沒死。

我迷迷糊糊醒來，才想開罵，他就先沒好氣的說：「妳都不用起床尿尿的嗎？上次發燒至少還會起來問廁所在哪裡，這次妳睡了快二十四個小時，都沒有醒來！」

我聽著他的話，點點頭，乖乖下床去上廁所，接著回到床上繼續睡，再次醒來時是早上十點，我一醒來，看著窗戶透進來的陽光，覺得心情滿好的，接著一走出房門，就看到周紹光坐在客廳滑手機，還皺著眉頭。

我清清喉嚨提醒他，「不要看留言。」

接著去廁所刷牙洗臉，出來後，他還是在滑，而且表情更難看，我直接拿過他手上的手機，安慰他，「不要看就沒事了。」

他突然很認真的問我，「還有什麼線索可以查到傳訊息的人？」

「我有請美櫻幫我找當天的受邀名單。」

「除了這個以外呢？妳不能這樣坐以待斃，現在只要能找出傳訊息的人，妳就可以洗白了。」他好認真，認真的在關心我，我覺得有些感動。

「我目前沒有什麼想法，那天受邀參加磊哥生日會的人，少說有上百個。」我看他表情嚴肅，安慰他，「找出傳訊息的人，不是要為我洗白，說真的，我並不在乎我現在有多黑，在這個圈子工作就得承受這些，我想找那個人，是為了潔柔。」

我說完看他，他眼神閃過一絲感動，但很快就收起來，接著他對我說：「我昨天有去找第一個報導手機截圖的記者，我想，只要知道是誰爆料，那我就有機會拿回手機，但那個記者說，爆料的人是加進某個記者群組，把照片一丟，說是妳叫粉絲去死，就退群了，完全查不到是誰。」

我們兩人又被無力感完全籠罩。

接著他又問：「對了，妳還有寫到什麼偷拍照片，那個男生偷拍妳嗎？」

頓時，空氣安靜了起來，好不容易跟周紹光可以和平相處，如果我把那晚的事說出來，他會不會又覺得我很糟糕？其實不說才是最好的，但我不知道為什麼，就是不想對周紹光有所隱瞞，於是我把那天的事，一五一十，全部告訴了周紹光。

我以為他會說，「妳好噁心，給我滾出去！」

但他沒有，只是扶著額頭，表示他頭有多痛，不能理解的看著我，「妳看起來很聰明，怎麼老是會發生這種事？妳不是在那個圈子見過大風大浪了嗎？怎麼還可以被騙？警覺性這麼差？妳的助理……哇，妳怎麼紅到現在的？潔柔居然還那麼尊敬妳……哇……」

他整個哇哇叫，叫了好一陣子，叫到我頭痛，我懊惱不已的說：「就發生了嘛！」

他收拾情緒，輕嘆一聲，「以後不要喝酒了。」

「我知道，這輩子都不會喝了！」

他起身去廚房拿了三明治出來放到我面前，「冰箱有牛奶，我出去一下，妳不要亂跑。」

我點點頭，順口問：「你要去哪裡？」

他愣了一下，邊背起包包邊說：「開個會。」

我咬下一口三明治，提醒他，「你價碼該多少就是多少，什麼朋友價、什麼特惠價都叫他們吃屎，你老了朋友要養你嗎？覺得自己值多少，就要勇敢開價，不要怕別人笑。」

「雞婆。」他丟下這句就轉身走。

我不在意，反而滿開心他會這樣跟我開玩笑的，說真的，從第一次碰面的難堪來看，誰會想到，我居然有一天會住在周紹光家，還跟他這樣一句來一句去，果然，這世界上什麼都說不準。

我很快就塞完三明治，但做人不能白吃白喝，我整理了客廳、廚房和臥房，但那間他最近待著的房間，我想還是別開吧，我很怕看到什麼不該看的，不管是屍體還是女人都最好不要，我覺得尷尬。

接著，我再次拿起我那支訊息和通知都大爆炸的手機。

我選擇不看任何留言和訊息，我已經將我的立場很清楚的表達，至於大家要怎麼解讀，不再是我能夠控制的，我只點開我爸傳來繼續罵我的訊息，希望我的已讀能讓他知道我還活著，雖然他可能不在乎，而不回是我真的不想回。

接著，我點開信箱，希望能收到出版社總編的回信。前天晚上，當我寫了那封手寫信後，我還寫了另外一封 mail 給總編，因為我看到她傳來要取消所有新書宣傳的信。

我心裡一直很過意不去，從簽書會開始，就頻頻給出版社造成困擾，也對不起那些等著我簽書的書迷，於是我告訴總編，只要書迷還想要，我還是想把簽名書寄給他們，這些衍生費用，我會負擔。

但還是沒有收到回信，總編可能也被我氣瘋了。

酸民真的不算什麼，但讓支持我、相信我的人難過，才會讓我心情低落。原本懶洋洋的小黑可能看到我的屎面，過來對我搖了兩下尾巴，我笑了出來，「謝謝啦，我就當你在幫我加油了。」

小黑應付完我之後，又回到牠的墊子上爽躺。

就在我思考該怎麼處理的時候，我的手機響了，這次打來的是美櫻，我接起來就問，「幹嘛？不用上班嗎？」

「妳還好嗎？」她一說完，我感覺她又要哭了。

「好得不得了。」我說。

「妳到底住哪裡？凱蒂說她把退的書寄去妳家，結果管理員說妳搬走了，書又被退回來，磊哥超不爽的，我只好讓凱蒂先寄去我阿嬤家，三合院很大有位置放……姊，妳現在無家可歸嗎？」

我很快的把最近的事講了一遍給美櫻聽，美櫻聽得津津有味，「所以妳現在跟周紹光同居？」

「對，但我有在找房子了。」

「妳覺得會不會是潔柔想把妳跟自己哥哥湊一對？」

「又來了！妳腦子裡就沒有正常的事嗎？」

「兩情相悅不正常嗎？」

「誰跟妳兩情相悅啦！不要在那裡亂講，妳是沒工作嗎？」

美櫻一聽到我提起工作，又開始哀嚎，「現在磊哥叫我帶唐妮，才兩天我就想離職了，妳知道嗎？原本妳的工作，磊哥都勸廠商跟製作公司用她，她還說要接妳的 Podcast 頻道，想當初她還在那邊嫌做 Podcast 沒用，現在訂閱人數多了就想搶，而且她剛才還跟化妝師吵架，因為化妝師說她皮膚有點乾，就講了三個字有點乾，她就生氣了，害我還要去勸架，我真的很幹……」

我笑了笑，「抱怨可以，抱怨完繼續去上班，聽到沒有？」

「真的不想上班，妳什麼時候要復出，我可以離開公司去跟妳，沒有固定薪水也沒有關係。」

「我目前什麼都不想做，真的想要休息一陣子。」

她舉一反三的回我，「妳可以休息多久？妳爸要花的錢，比我要拿回家的還多好幾倍，妳失業沒收入，但妳爸不會停止跟妳要錢啊！」

「再說吧，我會想辦法。好啦，快去工作！」

我直接掛掉電話，不是我狠心，而是得讓美櫻習慣，太過依賴我，對她不會有好處，只會陷在過去的情緒裡，沒辦法適應現在的生活。

「姊，我真的好想妳……」

未來的日子才是最殘酷的。

接著，我繼續找房子，衡量接下來的經濟狀況後，不停下修租屋條件，我不是沒有苦過的人，住小房子對我也不是問題，所以我很快就找了好幾間，開始一間間打去問。

我剛打第一通電話，周紹光就回來了，他去洗手放東西，我和房東聊著關於租屋的事，房東希望我找時間過去看，我想了想，決定多找幾間，然後找一天把房子全看完，便跟房東說：「好，那我再找時間跟你約，謝謝吳先生。」

我一掛掉電話，周紹光邊摸著小黑邊問：「妳開始找房子了？」

我點點頭，他坐到我旁邊繼續問：「找了哪些？」我拿起手機滑給他看，他邊看邊嫌，「這區生活機能太爛了，這間在這麼巷尾，妳如果被跟蹤，根本沒地方跑，而且屋齡這麼久了，雖然重新裝潢，但如果沒有重拉管線，一定會漏水！還有這間格局也太奇怪了……」

我直接收起手機，對他說：「如果每間都嫌，我永遠找不到地方住！」我說完，突然看到他嘴角有些紅腫，手指也有些破皮，忍不住問他，「你怎麼了？嘴巴跟手都有傷？不是去開會嗎？」

他馬上說：「就回家的路上閃狗，車子不小心打滑……」

說真的，我根本不信，但知道他不想說，我也沒有多問，直接去拿了醫藥箱。多虧我剛才有整理客廳，知道放哪裡。開始幫他擦藥，又發現他眼角也有點紅腫，這明明是跟人打架。

我忍不住說：「不想接的案子拒絕就好，不要價碼談不攏就動手。」

他笑了一聲，拉下我正在擦藥的手，「好了，不用擦，自己會好的。走吧！我們先去倉庫拿妳的東西。」接著起身去拿車鑰匙，用著我可以聽到的聲音嘮叨，「找房子也不用那麼急，慢慢看、慢慢找啊，我又沒趕妳。」

我心裡有些暖，但還是說：「你不趕，但我趕啊！一直住在你家也不是辦法。對了，你可以不要開車嗎？我今天想坐摩托車，可以嗎？」他看了我一眼，直接換了車鑰匙，然後丟了一件外套給我，「外面有風。」

於是，我戴著棒球帽和口罩，全身上下都是他的衣服，這樣還會被認出來的話，對方絕對是我的真愛粉。

我看了一眼他的摩托車，完好無損，再看他一眼，他馬上知道自己謊言被拆穿，尷尬的說：「看什麼看。」

我回他，「看你鼻子有沒有變長啊。」

他笑笑上車，不忘提醒我要坐好。

我很少被人用摩托車載，除了剛出社會談的兩次戀愛。

一直很喜歡風打在臉上的感覺，有點痛也有點爽，就像我此刻的狀態，有點痛也有點爽，雖然事情的發展總是超乎我的預期，但再來一次，我也不見得會處理得比較好。

所有人都是邊解決問題，邊學到怎麼解決問題的。

面對自己用心經營了十年的事業，幾乎是毀於一旦，我當然難過，也覺得傷心，但這種情緒很快就過了，因為我知道，只要我努力、只要我願意，我還是可以再花十年來拚事業，我不擔心自己做不到。

但連日下來的各種衝擊，讓美櫻口中我「無趣的生活」，開始有了生命，大概也是這幾天，我才真正有活著的感覺，說我喜歡被虐，我也不否認，人就是這麼貪心，日子好過就想要刺激，日子太刺激就想要平凡。

倒是讓我最有感觸的，便是被糟蹋完後，接受到的好意總是特別真實，炸彈來了，才知道陪著你跑、帶著你逃的人是誰。

周紹光是其中一個，這樣的轉折讓我覺得很新鮮，而現在我想去做更多新鮮的事。

我在周紹光身後喊著，「騎摩托車很難嗎？」

他回答的聲音被風吹得好遠，我只能大聲的問了聲「蛤」。他又說了什麼，但我還是聽不清楚，不過算了，再難我都想學。

到了月租倉庫，工作人員核對我的證件，狐疑的看我一眼，我直接拿下口罩，讓他看清楚，他頓時瞪大眼睛，馬上轉身帶我去倉庫。我用房東阿姨給的密碼開了鎖，一打開，箱子堆得整整齊齊，還標註是什麼物品，這算是給住了六年每次漲價都沒抗議的房客，最後的溫柔嗎？

我傳了訊息謝謝房東阿姨，她很快就回我電話，我一接起來就聽到她說，「邱小姐，妳不用客氣，我也是滿不好意思的呀。這個倉庫我租了一個月，妳應該有時間可以找房子，如果時間不夠，妳就再自己續租吧。」

「我知道，謝謝妳這幾年的照顧。」

「什麼話，妳是個好房客，也把房子保持得很好，我才要感謝妳呢。妳加油，不要理酸民。」

「祝妳兒子新婚愉快。」結束通話後，我很快的在標示「衣服」的箱子裡拿了一些換洗衣物，當然還得拿內衣、內褲，周紹光馬上轉過頭去，我把衣服塞進他借給我的行李袋後，想把衣服箱子搬上去放好時，一彎腰，卻把後頭的另一箱給撞掉了下來，箱子摔得不成人形，東西也從縫裡掉了出來。我趕緊放下行李袋去撿掉落的物品，周紹光也過來幫忙。

結果，那箱是美櫻送給我的按摩棒。

內衣內褲算什麼？有什麼好尷尬的？這個才讓我想撞牆！但周紹光好像一點都不意外，幫我撿了三支，其中一支沾到灰塵，他還把它吹掉，就像對待一根掉在地上的小黃瓜一樣。他為什麼可以這麼自然？

我忍不住看著他，他抬頭看著我，我以為他要說什麼，沒想到是跟我說：「箱子扶正，看看還能不能裝東西！」

我馬上照他的命令做，此時此刻，他是那個見過大風大浪的人，我就是個見識淺薄的村姑，我把箱子變形的地方推推，他見還能裝，正打算把按摩棒放進去時，突然整個人愣住了。我看向箱內，裡頭還有幾支按摩棒，他該不會是因為數量太多而被嚇到吧？

我試著想解釋，「我單身的時候，每逢生日，美櫻就會送我這個當生日禮物……」我說到一半，他抬頭看我，「妳怎麼有這幅畫？」

我瞬間回神，順著他的眼神看下去，箱子裡面還有一些我的收藏，跟兩三幅小尺寸的畫作，我拿起第一幅問：「你說這個？」他用力點頭。

「這一幅畫是我在一間咖啡店買的，那時候看了就很喜歡，所以問老闆能不能割愛，她還一臉很驚訝我要買，說是人家送她的，如果我要就送我，我後來還是付了我覺得這幅畫所值得的價碼。我不是學藝術的，我只是很直覺的喜歡跟不喜歡。」

「這是我畫的。」他說完拿過我手上的畫，指著上頭的署名ＳＫ。

這句話，比我被三支按摩棒打到還有震撼力，他繼續說：「我之前參加一個聯合展，結束後，籌辦單位卻把畫弄丟了。」

「那、那我這樣買畫有罪嗎？」

「可能有吧。」

我苦笑一聲，「酸民又有新題材可以罵我了。」

他笑了笑，下意識的把畫放進箱子要收好，下一秒又突然看我，臉色有些難看的問：「妳把我的畫跟按摩棒放在一起？」

「這是搬家公司收的好嗎？」我馬上反駁。

為了不讓畫跟按摩棒繼續親密共處，我們幾乎把每一箱都給拆了，找縫隙看看能塞按摩棒還是畫作進去，等到都弄好了，我們走出倉庫的時候，已經天黑了，當我們走到車子旁邊時，兩個人的肚子同時叫了一聲咕嚕。

「去吃東西吧，想吃什麼？」他問。

「想吃麻辣鍋，但不想在外面吃。」

他點點頭，接著十五分鐘後，我們到了生鮮超市，見他對各種食材的放置位置熟悉到不行，瞬間就把籃子裝滿，我忍不住問：「這裡你怎麼那麼熟？」

「我之前都在這裡做臨時工。」他拿起半顆包裝好的高麗菜，「包菜、處理海鮮、切肉……」

「用那你珍貴的手？」我忍不住揶揄。

他笑了一聲，「包菜賺的比畫畫多。」

都是這樣的吧？夢想和現實總是差了好長一段。

我們買完之後，我拿了一半的錢給他，跟他說：「雖然我很想全付，但你一定不肯，可我又不想在你家白吃白住，所以這一半你一定要收，然後，如果收留我是因為自責，那我要搬走，但如果是看不下去朋友那麼慘，我勉強可以多住兩天。」

他看了我一眼，收下錢，我想，此時此刻，我們是朋友了。

「我打算明天去久朗亭，問所有的工讀生，有離職的也都可以想辦法找到，我覺得肯定會有些線索的。」我說。

他點點頭，卻提議道：「我去問吧，妳目前還不適合露面。」

「我們可以一起去。」我說。

「妳有兩個選擇，一是我自己去，二是過一陣子再一起去。」他說。

我馬上拒絕，「這事不能等，一定要快點找出來才可以！」

周紹光看著我，「妳知道嗎，手機不見的隔天，林叔叔剛好找我去吃飯，我很自責我把潔柔的手機弄丟了，後來林叔叔跟我說，紹光啊，這世界上潔柔最擔心的就是你，她說你很固執，放進心裡的就很難放下，也就是因為放不下，才出國去療傷……」他無奈一笑，繼續說：「我妹都這樣唸我了，我得好好學會放下，才能讓她安心。」

「你意思是不找了？」

「不是！一定要找，但得先把自己的日子過好。邱星，妳也是。」

我明白了他的意思，點點頭，「我知道了。」

他很滿意的笑了笑，「潔柔離開的時候我不在她身邊，但接下來的日子，我不能再讓她失望。」

我也忍不住提醒他，「潔柔不會在乎她失不失望，她只在乎你快不快樂。」

他看著我，給了我一個很美好的微笑後，接著說「回家吧」。他轉身往停車場走去，我跟在後頭，踩在他的影子上，覺得心情真好。

突然，我聽到身後有些碎語聲，「那好像赫拉……」「是嗎？不太像……」「很像啦！」「前面那是她的誰啊？」

我感覺聲音一直跟在我後頭，於是便加快腳步，邊推周紹光邊說：「走快點，不要回頭。」但聲音還是持續跟著我們，而且越來越吵雜，我忍不住回頭看去，停車場附近已經有不少人停下來一直看我。

突然有個女生大喊，「那個就是赫拉啊，穿成這樣還以為人家認不出來喔？敢叫粉絲去死，她才該去死！」說真的，看文字我可以笑笑就過，但有人直接對著妳罵，還是讓我有些震撼的。

我看著那個女孩，她正對著我錄影，我想阻止她，但不知道為什麼，我全身動彈不得，所有人都看著我，即便現在可能只有十幾個人，我卻覺得有幾百人，甚至幾千人，我想跟她說「不要錄影」，可我一句話都說不出口。

下一秒，周紹光把東西一放，直接走向那女孩，我以為他要出手，急得想喊他，但一樣，什麼都喊不出口。但還好他沒有，他只是很有禮貌的對那個女孩說：「請妳不要錄影。」

「我錄不錄關你屁事。」那女孩回他。

「如果妳再繼續錄，我也只能打電話報警，請警察要求妳將影片刪掉。」他說完直接打電話，那女孩同行的朋友馬上推推她，要她收斂，那女孩才收起手機，轉身離開，還不忘瞪我一眼，「爛人！」她朋友安慰她，「知道她不要臉就好了，幹嘛理她，還好她業配的東西我都沒買過。」

周紹光見她們離開後走回來，直接把安全帽套在我頭上，「沒事了，上車！」他迅速把東西綁在車尾，發動引擎把失神的我載走，一路上我告訴自己，沒事的，她們不知道事實，會有這種反應也無可厚非，不需要責怪她們。

沒事的、沒事的……

我的心情逐漸平復下來。但到了周紹光家外頭，我才一下車，剛脫掉安全帽，突然就有一巴掌直接打在我的臉上，我震驚的抬頭看去。

是我爸。

他對著我破口大罵，「妳怎麼把自己搞成這副德性？妳到底要讓我的臉丟到什麼地步才甘願？居然還來跟男人同居？要不要臉？妳看看妳名聲爛成這樣，又這個年紀了，以後怎麼嫁得出去？」他暴氣吼完，伸起手又要往我臉上招呼。

但我沒被打到，只感受到一股掌風，原來是周紹光將我往後拉，躲掉了第二下。

我爸氣得連周紹光都想教訓，我拉開周紹光，直接回應我爸，「你確定你真的希望我嫁出去？爸，別開玩笑了，你一點都不希望我嫁人好嗎？你就是嘴巴講講，你巴不得我這輩子繼續賺錢給你花，當你的提款機而已，如果你覺得我該嫁人，當初正修說要跟我結婚的時候，你就不會阻止了！」

「我是為妳好，那麼窮，妳嫁了有什麼用？」他繼續朝我噴火。

「是嗎？我明明就聽到你跟胡伯伯說，正修太窮，我嫁過去的話，薪水就要拿回夫家，沒人可以養你，你怎麼能夠答應？要嫁只能嫁豪門，能讓我拿錢回家的豪門，不然你就不會讓我結婚！這叫我為好？後來正修在大陸經商成功，你不就後悔了，偶爾還唸我為什麼要分手，不就是你不答應嗎？你自己說的話，都忘了嗎？要不要我再提醒你，身為你的女兒，在你沒死之前，我多有自知之明？」

我爸被我吼到一句話都說不出來，接著轉身走向旁邊的計程車，上車走人。沒意外的話，他應該是直接從台中大手筆包車上來的，要他去坐公共運輸根本不可能。

車子駛遠了，我的臉又腫了。

周紹光把我拉上樓，拿冰敷袋讓我冰敷，我以為他要問我，和爸爸吵成這樣，要不要打通電話給他，安慰他之類的，但他只是問我，「妳火鍋還吃得下嗎？」

我淡淡看他一眼，「為什麼吃不下？」

這世界上，沒有人會幫你忍受肚子餓的痛苦和空虛，但我們可以選擇別讓自己餓到，吃飽一點，就算要逃避，也才有力氣。

於是我大口吃肉大口喝湯。周紹光自己炒麻辣醬做的麻辣鍋，可以算是我心中麻辣鍋的前三名。他吃到一半突然好奇問我，「妳爸怎麼知道妳在這裡？」

我看他一眼，放下我不想放下的碗筷，拿手機滑了一下，一如我所預料的，看到美櫻不知道什麼時候就一直打給我，但我都沒接，她只好傳訊息告訴我，「姊，阿伯剛剛直接來找我，問妳在哪裡，我不說他就不讓我去工作，我只好說了……對不起。」

想也知道，我爸就是這樣，每次吵完架，如果我三天沒理他，他就打給美櫻，硬是讓她把電話拿給我，所以他出現在這裡，我一點也不意外。

「他去找美櫻問的。」

「妳辛苦了。」他淡淡的說著，接著繼續吃飯。

我看了他一眼，笑笑說：「謝謝你沒有跟我說什麼再怎樣都是妳爸，妳不應該這種態度的屁話。」

他也笑笑，我們繼續吃東西，沒有再講半句話，可能是東西好吃，也可能是氣氛舒服，也可能是被打完，我胃口特別開，我只能說，這個晚餐是我近年來吃完，會感到「最幸福」的一餐。

如果總能在最脆弱的時候，感受到一點點善意就好了。

Chapter 10

The end.

不知道是不是昨晚那美味的麻辣鍋所延續下來的幸福感，我隔天還沒起床就接到總編的電話，沒有噓寒問暖，她直接切入要點，「妳信箱有一份名單，是我請小雯針對首波預購的書迷發出去的線上問卷，目前統計表示還想收到妳簽名書的人，其實數量不少，這個問卷回覆會開到明天，如果妳確定要這麼做，就來公司的臨時倉庫簽名吧，但所有成本妳都得自己處理。」

「沒問題，只要給我個地方就夠了。」頓時，我放心不少，能稍稍補償書迷，對我來說，就是最值得開心的事了。我迅速的下床洗臉，周紹光在書房裡可能聽到我各種砰砰聲，好奇開門出來問：「妳在幹嘛？」

「我要去出版社簽書，我要把書買下來，簽完名寄給還想要我簽名書的書迷，這是我目前想到能為他們做的事。」

「那我跟妳去。」

「不用，你忙你的，我自己的事我自己處理。」

「我只是在畫畫。」他把門打開，我終於看到他這幾天生活的房間，是他的書房，有張沙發床、電腦和畫架，雖然東西很多，卻不覺得雜亂。我看著他的畫，以我精準的眼光一看，馬上問他，「雖然還沒完成，但賣嗎？」

他故意說：「妳還有錢嗎？新聞說妳得要賠廠商一些違約金，而且，這次新書幾乎沒什麼賣，庫存很多……」

我真的笑出來，「你根本是我粉絲吧，這麼關心我？還看我的新聞？我連看都不想看。」

他明明就尷尬又要裝作不尷尬，看起來就更好笑，但他不知道自己有多好笑，還一臉義正辭嚴，「只是剛好滑到。」

「你不會還回覆留言吧？」

「我沒那麼閒。」他馬上反駁。好的，那就是有。

但我不忍拆穿，只是笑笑回應，「放心，我存的錢還夠賠，但美櫻跟我說，目前廠商們都只是避風頭撤代言，還沒有看到哪間一定要我賠償的，賠最多的就是出版社吧，首刷還一堆在倉庫，我就是想去幫忙銷一點。」

「那走吧。」

「我自己真的可以，你可以做自己的工作……」

他突然回我，「妳不是叫我不要亂接案？」

我愣了一下，他看著我，眼神不知道在感性什麼，又繼續說：「謝謝妳買我的畫，讓我知道作品被喜歡的感覺，我會繼續畫畫。至於設計的工作，如果對方能欣賞我，又有等價報酬，我可以接受。如果不行，我就繼續包菜，不然再去幫忙顧大樓，當警衛一個月資歷雖然短，但去應徵也有機會吧，但畫畫這件事我不想再停下來了。」

我點點頭，看著他笑。不只是我，連他也在這段時間裡想通了些什麼。他被我看得有些不好意思，又開始在那裡裝酷，「走吧！」他才剛拿起鑰匙，又忍不住看向我，「妳要穿這樣？」

「不然要換上晚禮服嗎？我沒有。」

他沒好氣的說：「我意思是不用偽裝一下嗎？」

「不用了。」昨天那一次震撼教育，有讓我再更堅強一點，我總是要學著面對跟處理，不然我這輩子都不用出門了。

我率先出門，用我平常的樣子，停紅綠燈的時候，一旁的幾個摩托車騎士似乎有認出我，不時往我的方向看來。說不緊張是騙人的，我甚至覺得耳朵出現嗡嗡的聲響，但我極力忍住，告訴我自己，低頭就看不見了，看不見就沒事了……

突然周紹光拉著我的手抱住他，然後說：「看前面！」

我這才從自己的情緒裡出來，看著前方，風打在我的臉上，好像也在提醒我，「笨蛋，就叫妳看前面，往前看了啊！」

瞬間，我整個人放鬆了下來，開始可以看到自己想看的風景。

到了出版社附近要停車，我才發現自己還緊緊抱住周紹光，有些不好意思的連忙放開他下車，本來拿下安全帽想好好跟他道聲謝，沒想到居然看到那個賣紅線的老奶奶站在對街朝我微笑，我真的嚇壞了，抓住周紹光就往老奶奶的方向指，「你有看到嗎？有一個阿嬤站在那裡！」

他順著我指的方向看去，卻給我搖搖頭。我傻眼、我無法接受，我一直指著老奶奶，激動大喊，「你有沒有仔細看啊？對面啊，穿著一套淡紫色的洋裝，一個阿嬤啊！」

我望著他認真尋找的表情，真的快瘋了，猛抓著他說：「你快看清楚，有吧？對吧？在那裡揮手啊！」最後還伸出雙手固定他的臉，強迫他看向老奶奶，但他還是一臉茫然，「我真的沒有看到。」

我不相信，她明明就還站在那裡笑！

我急得想衝過去，證明不是我眼花，卻馬上被周紹光抓住，他沒好氣的大罵，「妳在幹嘛？不看路到底要害誰？」我這才冷靜下來，看著眼前的車水馬龍，真的差一點就要去送死了。

我抬頭看向老奶奶，她已經走遠，不時還往我這裡看來，比著叫我快離開、去忙的手勢。我真的無法接受，再抬頭問周紹光一次，「你真的沒有看到，你發誓？」

「我發誓。」他很認真，我相信他沒有騙我，他接著說：「還是妳撞鬼了？但大白天的不會有鬼吧？」

「有！」以我過去的經驗，鬼沒在跟你分日夜的。

「妳怎麼知道？」

我看他一眼，再轉頭看向老奶奶的方向，她已經不見了，但我可以確定的是，她真的不是鬼，而我也只是想問她，在公園時，把護身符掛在我身上的是她嗎？她是不是真的知道我會出事，所以提醒我要小心？我想向她道謝啊！

但我知道，這輩子應該不會有機會了，她剛剛的神情感覺就是在跟我說再見……我深吸口氣，轉身走向出版社，周紹光跟在後頭繼續問我，「妳沒回答我，妳怎麼知道？」

我懶得回答他，按了電梯，準備工作。

一到辦公室，總編去開會了，小雯過來接待我，這是簽書會後，我們第一次碰面，我對那天留下她和志強面對許多怒喊要退書的書迷感到抱歉，我向小雯道歉，她笑笑的搖搖手，「沒事啦！走吧，我帶你們去倉庫。」

接著，我們到了臨時倉庫，裡頭堆滿了這一次的新書，小雯把手上的名單給我，「這是到早上十一點的名單，目前收到回覆是三百多位。」

我接過名單，「謝謝。」我再拜託小雯幫我印出地址標籤，等簽完書後，由周紹光直接幫我打包，這樣速度會比較快，小雯很熱情的回應我，「沒問題。」

接下來，我和周紹光就開始工作，我不只有簽名，還在書上寫了些字，希望讀者們能夠接收到我的心意。

處理到一半的時候，我肚子有些不舒服，可能是昨天晚上吃了太多麻辣鍋，有點想上廁所，便請周紹光等我一下，我趕緊走到商用大樓的公用廁所，正拉得舒爽時，我聽到有人進來洗餐具的聲音，接著開口就是我的名字，「那個赫拉……」

我真的瞬間抖一下，想好好拉屎不便秘也這麼難？最近電視圈沒有發生別的事嗎？上次偶像天王劈腿也才吵一星期，大家就轉移了焦點，怎麼我這個小人物的事可以佔據版面這麼久？

「怎樣？幹嘛講到一半！」另外一位問著。

「雖然我沒有很喜歡赫拉，畢竟我覺得兩性專家都是出來騙錢的，但妳不覺得那截圖很刻意嗎？就留那幾句，前面講什麼也都沒有說。」

「我也覺得假假的，正常人怎麼會突然這樣回覆粉絲？除非那個粉絲可能盧小她好幾年，她也是精神崩潰才會這樣回，不然我有追蹤她粉絲團，她跟粉絲互動都還不錯。」

「蛤？妳有追蹤她喔？」呃，有需要如此震驚跟嫌棄嗎？

「不行喔？我偶爾開車會聽她的 Podcast，我覺得她滿好笑的，而且她業配的東西我也覺得滿好用的。」

突然不知道是其中哪一個驚呼出聲，「欸欸，妳快看新聞，那個赫拉前男友賣的保溫瓶有毒耶，不少人告到消基會去了，而且不只保溫瓶，還有很多產品都產地標示不清……哇靠，妳看記者的訪問影片，那男的臉上有傷耶，是被誰揍了？」

一聽到 Ken 的臉有傷，我直覺想到周紹光，在心裡驚喊著，「不會吧？」

另一名女聲不以為然的說：「好爛喔！說真的，是他在蹭赫拉吧！」

「我也覺得，以赫拉的條件，雖然年紀大一點，但要找個好一點的對象也不難吧，找個有錢二婚的都比這種毛頭小子好……」

我按下沖水鍵，走出來對兩位看起來比我小一些的女孩說：「不要老是把二婚跟年紀大配在一起，這是對他們的歧視，好像硬要湊合一樣，幹嘛活得這麼勉強？謝謝有聽我的 Podcast，也買了我業配的東西，感謝！」

我說完去洗手，她們面面相覷的看著我，我離開前再對她們說：「我跟 Ken 確實有上過一次床，但真的沒有在一起，謝謝妳們讓我知道最新進度。」我向兩位頷首致意後離去。

一走出廁所，我幾乎是用跑的回臨時倉庫，一衝進去就抓著周紹光問：「你去打 Ken 了？」

他馬上把什麼放到身後，震驚的看著我，完全無法回應。他的反應說明了一切，我大傻眼，氣急敗壞的罵，「你幹嘛去打他？他如果告你怎麼辦？我已經害到很多人了，我不想再害你！」

「我只是去要他刪掉照片。」

我一愣，不敢置信的看著他，他見我知道了，也不瞞了，「我假裝是便衣刑警去套他的話，他一聽到是妳報的警就嚇到了，馬上登入雲端把妳的照片都刪掉，但妳放心，沒有不雅照，是後來我要走的時候，被他發現我不是警察，他才出手打我，我也只能還手。」

我不知道怎麼說這種感覺，心裡的感動好滿好滿，很怕這種氣氛再繼續下去，我會哭出來，只好故意問：「你有打贏嗎？」

「沒輸沒贏，我的傷不也被妳發現了？沒事了，不要擔心，不會再有任何照片了。」

我上前擁抱他，他身體僵住，可能是嚇到了，但我在他錯愕的時候，把他藏到身後的東西搶過來一看，居然是我的書，我有些意外，他則是有些懊惱，我拿著書，忍不住問他，「不是說我的書亂教？不是說我都講一些廢話？不是說我的書都害人家分手？你怎麼在看？」

周紹光不自在的說：「我只是隨手翻一下，妳可以繼續簽了。」

我好奇的再問他，「你之前女友該不會真的因為看了我的書，就跟你分手吧？」

他沒理我，直接將書攤開，等著我簽名。見他沒回應，我也心裡有數，有些時候不用說，看表情就有答案，然後我拿起筆繼續簽名，他突然又緩緩說出，「對。」

我簽到一半，一個筆畫突然就這樣衝出去。

一定要在我簽名的時候說嗎？

我抬頭看他，他表情看起來已經沒啥留戀，只是有些感嘆，「她說，赫拉說每一段愛情都要設停損點，不要把全部的青春和自己投進黑洞裡，所以她決定要分手。」

這時候換我不想聽了，我繼續裝忙簽書，他卻好像說上癮，「有一陣子，我看見妳出現在電視上，就會馬上轉台；在書店看到妳的書，就會拿別本書擋在前面。我覺得妳好煩，妳到底憑什麼隨便說那些話？妳到底有什麼資格管別人的感情？」

我把筆放下，想要抗議，但他卻看著我說：「後來我想通了，不是妳書的問題，我只是不肯承認自己的確是個黑洞。我前女友跟我在一起六年，原本她也不嫌棄我都三十幾歲了，卻只會畫畫跟去生鮮超市打工，她覺得很穩定。但這樣的穩定後來變成她說的不上進，她覺得我可以去做做設計、畫畫公仔，為什麼要執著在畫畫上面，這樣的話根本沒辦法結婚生小孩。可是我就只會畫畫，那就是我喜歡的事啊！」

不知道為什麼，他說著後面兩句時，像個明明沒做錯事，卻無措的孩子，我覺得有點心疼。

「反正後來她就用妳那句話來提分手，她走了之後，我試著想要挽回，我跑去學了商用繪圖軟體，我以為只要開始接設計案，她就會回來，我每天為了幾千塊的圖，來來回回修改了五次、十次，我以為這就是努力、這就是改變，我以為這樣她就會回來……可是後來我再去找她的時候，她已經跟別人在一起了，那時我腦子想的只有一件事，就是如果她沒有看到妳的書，就不會跟我分手了，所以我真的很討厭妳！」

「我……」很無辜。

他好像不把話說完不甘願一樣，完全沒讓我有開口的機會，繼續說：「後來我每天有如行屍走肉，又知道她要結婚了，對我是很大的打擊，於是我決定離開台灣一陣子，去了越南，在大學同學開的工廠上班，每天做一樣的事，直到有一天我站在機台前，突然喘不過氣的時候，我才知道，我不能再這樣下去了，我根本不屬於機台前，所以回台灣。後來的事，妳都知道了。」

我點點頭，原來是這樣，我一直覺得林伯伯再怎樣都該跟周紹光說，至少讓他趕回來送潔柔一程，沒想到他自己也傷得那麼重。

他又說：「其實上個星期我看到她了……」

我連忙問：「然後呢？」

「她懷孕了，日子過得很好，笑容滿面的從高級轎車下來。我很替她開心，如果她繼續跟我這個黑洞在一起，是不會有那樣的笑容的。妳說的對，愛情要有停損點，身為妳的書迷，她做的很好，因為妳，她才有現在的幸福。」

我頓時不知道要說什麼，整個人僵在那裡，半晌才對他說：「你該不會覺得我寫那段話，是要跟所有女人說，只要對方不能給妳好日子過，就要快點分開，找下一個飯票的意思吧？」

「不是嗎？」他笑笑看我。

我氣得吼他，「周紹光！」

他笑到眼睛都看不見了，「我知道妳的意思啦！現在回過頭看，那時候的我，是沒辦法跟她一起努力的。應該說，我其實只愛我自己，所以一直用自己的方式過日子，才讓她沒有安全感，但現在繞了一圈，我還是想繼續用自己的方式過日子，所以覺得她跟我分手是對的。」

我點點頭，看他現在這麼坦然，我為他開心，突然，小雯衝了進來，「慘了，慘了！」

我微笑抬頭看去，內心平靜，我就不信還能有更慘的遭遇。我問小雯，「怎麼了？」

小雯氣喘吁吁的說：「我剛進後台看表單回覆，突然一下衝到一千五百多人，想說是不是後台有問題，結果志強傳了一個新聞連結給我看……」

「該不會是 Ken 被踢爆賣有毒的保溫瓶的事吧？」我說。

小雯搖頭，把手機畫面轉向我跟周紹光，頁面上出現的標題是「女記者被男友毆打，竟是隱身許久的赫拉出面解圍」。

什麼時候？我有嗎？

我直接拿過小雯的手機，仔細閱讀內文，才知道女記者已經決定提告男友，並要男友還錢。我點進影片，看到我潑了那個男人一臉豆漿，當然也看到那男人打我一巴掌，我這才知道，原來他那麼用力打我……

一旁周紹光看著，表情也超難看的，「妳要不要一起告他？」

我失笑搖頭，把手機還給小雯，周紹光推測，「可能妳的見義勇為拉回一些粉絲了。」

小雯又接著說：「還有一件更重要的事，Ken 那天在哭的直播影片，被網友抓出來，他位置後面的一個玻璃掛飾，映照出一個女生穿內衣內褲躺在床上的樣子，網友還放大截圖，現在大家都跑去他的ＩＧ罵他在做戲、在消費妳。」

原來在廁所，我沒有更新完？還發生這麼多事。

小雯看我跟周紹光都一臉迷惘，連忙找出 po 那張截圖的人的臉書，點進貼文給我看，文字寫著：

「結婚最大的好處就是最會觀察男人的各種細節，我就問這個躺在床上的女人是誰？下次要假哭，記得把後面會反射的東西全擋住！」配上直播影片截圖，還用繪圖軟體把躺在床上的女人身影標出來，雖然有些模糊，但還是看得出來，是個穿著性感內衣的女人身影。

我何只被洗白，我都白到發亮了，忍不住仔細看了一下發文者的頭像，頓時想起來了，「她有追蹤我，之前還問過我問題，所以我有印象！」

周紹光和小雯都驚訝的看著我，小雯笑了出來，「原來最可靠的還是粉絲。」

我感動得手足無措，接著我的手機開始震動，是美櫻打來的，我一接起就跟她說：「妳不用說，我都知道了！」

她在電話那頭興奮尖叫，連我把手機拿遠，都還聽得到她的聲音，她開心的跟我說：「晚上一起吃飯，太值得慶祝了！姊，妳可以回歸了吧？之前引起的糾紛都算沒事了吧？妳現在是全台灣人同情的對象，連那個訊息截圖，大家也開始說肯定不是妳做的。」

「吃飯妳訂位，回歸再說，妳先去忙。」我掛掉電話後，對著小雯說：「我不怕簽名，一樣照妳原本設定的截止時間，幾個人我就簽幾本。」

小雯想了想，「這樣妳可能會花不少錢，還是我跟總編討論一下……」

「不用，心意不能打折，我有的就只有對他們的心意了，也是我對你們的心意，不管現在風向如何，新書的宣傳活動也不需要重新開始，我不希望大家是跟著風向買書，而是真心認同我，或是想讀這本書，如果是這樣的話，也不需要多宣傳了。」

小雯點點頭，「我明白妳的意思，我再跟總編說！不管怎樣，真的好替妳鬆口氣。」

「謝謝妳擔心我。」我上前擁抱她一下，也想衝出去擁抱所有真心相信我的人。沒事的，真的會沒事的！

我放開小雯，愉悅的說：「名單再麻煩妳了。」小雯也笑笑點頭，連忙去幫我處理。我轉頭跟周紹光說：「我可以自己……」

他馬上回我，「我可以一起。」

我笑開來，回應他，「好，那晚上一起吃飯，不能拒絕。」

於是，我們在倉庫裡，邊吃著外送午餐，邊認真簽名，簽到我的手指發麻，簽名筆換了兩盒，簽到連總編也叫小雯來幫忙打包。當我們暫時告一段落，準備出發去美櫻傳給我的餐廳，而小雯也該下班時……

小雯笑笑的跟我說：「赫拉老師，總編跟我都沒有放棄過妳的書。」

我愣了一下，小雯拿起手機讓我看了幾張照片——我新書的宣傳海報，仍然被貼在許多實體書店外。「總編親自去跟書店交涉的，請他們給妳一點時間。」

我忍了好久的感動，在這一瞬間爆發，不禁紅了眼眶。有些人可能沒有在第一時間出面表示力挺，但他們會透過時間來告訴我，他們還在我的身後。我什麼都說不出口，只能點點頭，把這份感動永遠放在心裡。

我就這麼帶著滿出來的情緒走出大樓，天暗了，可我的眼前都是亮的。

周紹光笑笑看我，「上車再繼續感動吧。」

我坐上他的車，看著街景路燈從我旁邊倒退而過，我忍不住在周紹光的身後喊著，「我很快樂！」他給了很大一聲。

我又再喊了一句，「我說，我現在很快樂！」我聽到他的輕笑聲，看他點點頭，好像他真的知道一樣。

現在，我才終於開始對生活有了所謂的期待。

不知道接下來還有多少事會發生，但無論好壞，我都期待。

很快就到了吃飯的地方，美櫻預約了包廂，我一進去，她就把我抱得超緊，然後在我肩上放聲大哭。聽她這種哭聲，不知道的人會以為我可能得了什麼絕症，再也醫不好的那種程度，所以周紹光一臉莫名，不知道到底有什麼事值得哭成這樣。

我輕嘆一聲，推開美櫻，因為再讓她哭下去，我耳朵肯定會炸掉，我沒好氣的問：「該開心的時候，哭什麼啦！」

「妳都不知道我這幾天吃不好、睡不好……」

我直接打斷她，「我明明就看到妳ＩＧ發了在火鍋店的動態。」

她馬上乾笑兩聲，吆喝我們入座，「先坐啦，我有先點好菜了，會馬上上菜！」她看向周紹光，客氣的說：「我不知道周先生喜歡什麼，就隨便點了，如果你有特別想吃的，跟我說，這間台菜很好吃！」

「我沒什麼特別想吃的。」

「你不要跟我客氣，這頓我請！我也要好好謝謝你這麼照顧姊，希望你可以繼續照顧她，要照顧到床上去也可以！」美櫻說得認真至極，而我和周紹光才剛喝一口水，兩人同時被嗆到，咳個不停，差點連肺都咳出來。

美櫻還一臉欣慰的看著我們，「看看你們多有默契！」

我大翻白眼，「吳美櫻，妳再繼續給我亂講話！」

「哪有亂講，看你們兩個這樣坐在我對面，真的很相配耶。」

「閉嘴！」我不耐的說。

但她沒在甩我，繼續興奮的哇啦哇啦叫，「電視不都是這樣演的嗎？不打不相識啊！還有四個字可以形容的啊，那叫什麼冤家？王牌冤家啦！」

周紹光可能聽不下去了，開口糾正，「是歡喜冤家。」

「我就是那個意思！姊，妳看姊夫也知道！」

我不知道她在得意什麼意思，還給我挑眉。

「知道妳的頭！熱湯什麼時候上？」

她愣了一下，傻傻回我，「妳要先喝湯嗎？」

「沒有，我想要潑妳。」我很認真的說。周紹光笑了出來，正好服務生也來上菜，美櫻馬上對服務生說：「湯我們不要了。」

服務生還很專業的點頭回應，「好的，我們再為您取消。」

於是，我們吃的這頓飯沒有湯就算了，美櫻還得接上將近十通的電話轟炸，當我們聊到Ken大概是全台灣最會蹭人，卻比火花還快消失的人時，唐妮打來問美櫻她的行動電源在哪裡；當我們聊到我居然會看到女記者被男友打的時候，唐妮又打來問她的護手霜在哪裡；當美櫻拿唐妮穿上磊哥女友設計的衣服上節目，被網友嫌到要死，叫服裝師不要害唐妮的時候，唐妮又打來給美櫻，要她幫忙訂一束小雛菊……

每次當我們聊得正爽正起勁的時候，唐妮好像把美櫻當成失物招領處及lalamove一樣，美櫻不爽歸不爽，她還是非常有耐心的回應唐妮，這倒讓我有些不爽，「妳以前都不是這樣對我的。」

「唐妮是肖查某，妳是嗎？」我馬上閉嘴，我沒辦法再抗議，乖乖吃飯。

原本以為周紹光對這種八卦話題嗤之以鼻，但沒想到，他很認真的聽，完全沒有插嘴，該批評的時候，就留給我跟美櫻大放厥詞，他僅僅認同的點點頭或停筷思索，但該笑的時候也會笑。我嚴重懷疑，他就是個享受八卦，把業障留給朋友的人。

美櫻突然驚叫一聲，拉回我的思緒，周紹光也被她嚇了一跳。美櫻興奮的說：「我有禮物要給妳！」

我和周紹光同時大喊，「不要！」

但美櫻已經把兩張紙放到我面前，一臉幹完大事的得意表情，「這是那天參加磊哥生日趴的名單。祕書只能把她想到的再列一次給我，但我還有交叉比對那天有發ＩＧ、ＦＢ的照片，這是整理出來的最終名單！」

我感動的說了一聲，「妳那麼忙居然還會記得，這是吳美櫻嗎？」

她白我一眼，「妳不知道我一向是妳的ＤＨＬ，使命必達嗎？但是姊，我再說一次，我真的覺得是江海，他從被妳甩了之後就對妳不爽到現在，再加上妳上節目都會一直偷嗆他，他有哪一次不是被妳氣到半死？妳不是說那個日本料理店的女服務生在男廁撿到手機嗎？那就一定是江海啊，而且你們在一起過，他一定知道妳的密碼……」

「不是他！」我直截了當的否定。

美櫻愣了一下，周紹光則是掃了我一眼，「妳怎麼這麼確定？」

「我直覺就不是他。」

「是因為相愛過還有情分嗎？」他問。

「什麼相愛，都三、四年前的事了！」

「那妳為什麼覺得不是？」

「就覺得不是！」

「理由？」

「沒有理由。」

「沒有理由的放過他？」

「就真的不是他！」我再次強調。我們兩人對看，我知道空氣變得安靜。

這是我們從和解後，第一次大聲爭執，我深吸口氣，平復情緒後開口問他，「你現在是覺得，因為我跟他在一起過，所以會替他講話，不肯面對事實的意思嗎？我有這麼膚淺？」

「我只是覺得，現在名單上的任何一個人都有可能，不應該憑直覺說不是就不是，妳這不是偏袒前男友嗎？」

我火整個大起來，才想拍桌的時候，眼角看到美櫻一直在偷笑，不知道在笑什麼意思，我惱怒的問她，「有什麼好笑的？」

「你們超像情侶為了前男友在吵架……哈哈哈……」

周紹光瞬間收起咄咄逼人的氣勢，有些結巴，「我只是就事論事。」

我瞪美櫻一眼，她馬上收斂，我本來大火也是直接小火，最後乾脆沒火了。我重重一嘆，「其實前陣子，江海有打給我。」他們兩個一愣，不約而同看向我，我繼續說：「我以為他是打來笑我的，但沒有，他說有事可以找他，他願意幫忙。」

周紹光還是不認同，「那也有可能是他做了這件事，心虛！」

看他這麼針對江海，我也懶得跟他吵了，「好好好，江海很有嫌疑，我會想辦法查出來，這樣可以嗎？」

周紹光回答得有些負氣，「隨便妳。」

本來已經熄火的我，一秒再被點燃，「什麼叫隨便我？你知道這三個字有多討人厭嗎？話不能好好說嗎？」

「妳剛不也是在賭氣，在那邊好好好……」

「不然我要說不好嗎？」我回他。

「所以我才說隨便妳，都可以！」他再回我。

我氣到一句話都不想再跟他說，他也不想理我，我們沒看對方一眼，埋頭吃飯，美櫻也笑不出來了，我們迅速的結束這場飯局，美櫻很守承諾的馬上去付錢結帳。通常她說要請客，最後還是都由我來付，今天會跑得這麼快，肯定比我們更想早點走。

「姊，我先走了，隨時保持聯絡，我愛妳！」她跑到一半又折返回來對我說：「對了，我剛回公司拿東西的時候，磊哥問我有沒有跟妳聯絡，我說沒有，我在想，他該不會是後悔了，想再簽妳回來？那我們是不是……」

「再見。」我說。

她看我低氣壓，也不敢再多說什麼，跟我們說完再見就坐車回去工作，沒錯，她得再回去當唐妮的 lalamove。

而我跟周紹光也再沒有任何交談，回到家，他直接回他的書房，我則回他的房間，深深的深呼吸，把方才的對話再拿出來好好的想一下後，的確，他說的沒錯，我那句話是說得有點賭氣，我態度不好。

但他也有問題啊！

隨便妳就等於「算了，我不想跟妳這個瘋女人多說一句」，我怎麼能不生氣？但不到三分鐘，想到周紹光最近對我的照顧和幫忙，氣馬上又消了。

等等洗完澡跟他道個歉吧！我這樣告訴我自己。

我拿了衣服要去洗澡時，一開門，周紹光就站在房門口，像是正準備敲門的樣子，我們兩人都同時愣住，尷尬了幾秒後，他拿一條紅線給我，說著：「昨天我借給妳的行李袋裡有這個，是妳的嗎？」

「不是吧，我怎麼會有……」我說到一半頓時打住，因為我馬上想到那天晚上，美櫻發瘋般的衝到陽台，要把紅線丟掉。天啊，不是不見了嗎？什麼時候又出現在這裡？昨天在倉庫拿衣服的時候，我根本也沒有看到啊。

我又想起那個老奶奶，整個人真的毛起來。

我胡亂的搶過紅線，「是美櫻的，我再拿給她！」

他點點頭，我們又尷尬了一下，本來要各自去忙了，最後還是忍不住回頭對他說：「剛剛對不起……」而他也同時說了一樣的話。我們看著對方，笑了出來。

「這樣算是和好了嗎？」我問。

他點點頭，「謝謝妳找我和好。」

一時間，所有煩躁感都不見了，我壓不住嘴角的笑意，說：「我去洗澡了。」

他比了個請的姿勢，然後喊住我，「對了，我明天早上有事要出去，妳等我回來再一起去出版社簽書。」我比了個ＯＫ，他給我了一個微笑，接著帶小黑去散步。

我洗著澡，開始覺得四開頭的年紀也沒那麼難熬，一樣可以跟朋友吵架，也一樣可以和好，無論如何，四十歲都只有一次，跟二十歲、三十歲一樣珍貴。

我笑了笑，喜歡這種輕鬆生活的滋味。

還沒到完全自由，但至少很自在。

我洗完澡出來，小黑已經趴在牠專屬的位置休息，書房門縫透出了燈光，我也回到房間，吹好頭髮，想了一下，打了通電話給江海，我依然是相信他的，我只想問問他那時待到幾點，有沒有在男廁碰到誰，反正能問什麼就問，但他沒有接，我只能等他回電。

等待的時候，我拿出筆電，繼續認真的找起房子。

我已經不在乎現在關於我的風向是怎樣，我更不在意 Ken 被罵得多慘，反正所有人都得對自己做過的事負責。

我也要為我自己負責，不能再這樣繼續住下去，雖然門縫透出來的光，讓我感到莫名的安心，但我很清楚，這是依賴的第一步，我不能這樣踏出去。

突然，我的手機震動，是美櫻傳來的訊息，丟了好幾個截圖給我，問著，「姊，妳有花錢買網軍嗎？」

「什麼網軍？」又在說什麼？

「現在有一篇文章說妳買了網軍在幫妳洗風向。」美櫻說完，把文章連結傳給我，我一點開，裡頭就出現一連串的截圖，在一些惡評底下，有名叫「護花使者」的ＩＤ在幫我說話。

而我看著護花使者四個字，不禁抖了一下。

小時候的我並不像現在這樣，能在攝影機前，落落大方、行雲流水的對著鏡頭講話，我很怕生，再加上我那時偶爾還會有些感應，一個忍不住就會對著某處說話，於是默默的就被排擠。好不容易融入高中生活，結果我爸帶著我們搬到台北，我要再重新適應一次，這讓我非常痛苦，我乾脆就不說話，總是低著頭，不去看到那些東西，大家就不會覺得我奇怪了。

但我一樣被欺負，畢竟惡意哪需要理由？

幸好同班的芷言和夢舒拉了我一把，不管去哪裡，都要硬拖著我去。高中生就是這麼幼稚，看到我不是自己一個人，欺負起我就不起勁了。因為我叫水仙，是花，她們就說自己是護花使者。

現在聽起來很俗氣也很糗，可是有哪種愛是不俗氣的？

最俗氣的我愛你，大家不也聽得很開心？

因為被保護、被疼愛，是所有人都想要而且需要的。

後來芷言帶我們去她家玩，認識了隔壁鄰居維芯，我們四個成了好朋友，是好到約定要一起住老人院的那種好，是好到芷言家裡出事需要錢，我們三個會想辦法輪流去打工，讓她有錢可以繼續念書的那種好。

可是後來我愛上了男老師，就像被下蠱一樣，只想去補習、只想看到他，我不敢告訴她們這件事，因為我害怕她們會看不起我，會覺得我異想天開，也或許是我不夠相信她們，十八歲初戀的我，眼裡根本沒有朋友。

一直到事情發生，我爸帶著我去辦轉學手續，我明明聽到她們在喊我，可我那時萬念俱灰，覺得有如世界末日，完全沒有回頭。

我偶爾會想起那段短短一年多，有她們陪伴的美好，比夢還要像夢的日子。我在這個圈子裡沒有什麼朋友，那是因為只有她們三個，對我來說才符合「朋友」兩個字的意義。

所以我可以和所有人維持工作夥伴及同事之間的熱絡，但時常難走到訴說心裡的親密。

我最近的朋友，就只有周紹光，至於美櫻，她就是妹妹。

接著美櫻一連發來十幾個連結，我點進去看，都是在討論我的文章，下面的各種惡毒留言，都被護花使者芯、護花使者言、護花使者夢反駁和回罵，「閉上妳的臭嘴，妳認識赫拉嗎？妳憑什麼說她做作說她假，有本事妳頭貼濾鏡關掉啊！」「你是不是宅到交不到女朋友，所以嘴巴才這麼臭？」「我發誓她絕對不會對粉絲傳這種訊息，截圖出處也不署名，怎麼不說截圖才是假的？」

我看著回應，感動到紅了眼眶，又忍不住笑了出來，各種津津有味。

美櫻等不到我的回答，又再傳一次，「姊，這三個ＩＤ真的很奇怪……」

我直接回美櫻，「她們不是ＩＤ，她們是我的朋友。」

「妳有朋友？」

「有。」如果她們沒氣我不聯絡、沒氣我不回頭的話，那我還能是她們的朋友。我止不住內心的激動，哭了出來，馬上點進手機裡喜愛相簿的第一張照片，那是我們四個人穿著制服在園遊會賣豆花的合照。

我把照片上傳到IG和FB，寫下「我的網軍，〇九言夢芯仙」。

我不在乎下面留言會說「真的整了有差」，還是「真的有整形耶，以前好普通，男老師怎麼會喜歡她」、「應該是她倒貼」等等的歧視字眼，我只等著我的朋友，是不是還能知道我留下的暗號。

我緊張的盯著手機，全身都在發抖，不到兩分鐘，我的手機震動了，是個陌生的電話號碼，可我毫不在乎，在震動第一聲的時候，我已經接起來了，流著眼淚，抽泣的問著。「妳是維芯、芷言還是夢舒？」

電話那頭已經傳出哽咽聲，「我們都在！妳這個笨蛋，邱水仙，妳真的很沒良心耶，怎麼好意思這樣對我們？」「水仙，妳沒事吧？」「我超想妳的，我聽赫拉 Podcast 的聲音，就覺得妳是水仙，跟夢舒和芷言講，她們都不信！」

而我也在電話這頭哭到不行。

芷言哭著說：「算妳還有良心，記得我們的生日，還知道用我們四個的生日當電話號碼！」

我也哭著回她，「還好妳們懂我在說什麼！」

以為初戀是人生的最後一次大哭，沒想到現在才是，比起四十歲的赫拉，十八歲的邱水仙才活得更值得，赫拉沒有朋友，但邱水仙有！

這個晚上，我們四個人沒有睡，視訊了一整晚，都在聊十八歲那年的事……

活著活著，總是有最痛苦的一刻，
但活過來了，回頭看，痛苦成了一瞬間，
而收藏在那短暫的背後，
可能還會擁有某一種永遠。

Chapter 11

Never end……

我從床上驚醒過來，第一件事就是確認我的手機，點進通訊軟體，看到昨晚創的群組還在，看到昨晚的視訊通話長達五個小時也是真的，我這才放鬆下來，是真的，一切都是真的。

她們三個是真的存在的。

突然訊息跳了出來，是維芯傳的，「各位起床！不要忘了一個小時後，我店裡集合，我今天可是臨時公休，已經滷了一鍋豬腳，等各位大駕光臨。」不說我還真的差點忘了，五個小時的通話內容，我已經忘得差不多，但沒關係，我們還有好幾個五小時可以聊……

我傳了一句，「馬上到。」

接著就迅速下床去刷牙洗臉加換衣服，好像小時候要去遠足一樣興奮。我去敲了書房門，發現周紹光不在，才想起他說早上有事，於是我傳訊息告訴他，「我要出門一下，直接出版社見」後，便叫了計程車往維芯開的餅乾店去。

看了一下手機，還有時間，想買些東西給她們，於是我請司機在我常去逛的設計小店停車，結果我付完車錢下車，正準備進店裡時，和經過的路人相撞，不誇張，我們兩個跌坐在地上，痛到想哭。

女孩超生氣的罵，「是不會看路喔！趕投胎嗎……」她罵到一半，突然喊，「赫拉教主？」

我撫著全身幾乎要摔碎的老骨頭，定睛一看，見她有點面熟，還在疑惑時，她已經貼心的扶起我，我看見她脖子上的項鍊，瞬間想起來。

「妳是久朗亭的工讀生？小妍？」

她用力點頭，然後拉著我說：「我昨天一直私訊妳，但妳一定沒看到對吧？」

我抱歉的搖搖頭，「不好意思，我真的沒有看到。」我連忙想要拿出手機，沒想到小妍卻制止我，「沒關係，我只是要跟妳說，昨天晚上我去看電影，碰到之前店裡離職的員工，我就隨口問他包場那天的事，他跟我說有看到唐妮從男廁出來，看她有點醉，要去扶她還被她凶。」

我愣愣的重複一次，「妳說唐妮嗎？」

小妍點點頭，我突然像是想通了什麼，激動的抱了小妍一下，「謝謝妳，真的！非常的謝謝妳！」接著迅速攔了計程車，說了要去的地點後，我打電話給維芯。

「維芯，我現在要去一個地方，會晚一點到，妳們先吃！」

維芯聽得出我聲音裡的急切，也馬上回答我，「好，不管多晚都等妳，妳不要著急，我們一定會在。」

「好。」聽著維芯的回應，我頓時也不著急了。

只是在車上，我一直希望不是我想的那樣，比起不認識的人拿我手機開玩笑，我更不希望是認識的人做的，尤其不希望是因為我才做這件事，這只會讓我更對不起潔柔。

很快就來到生命園區，我搭電梯到了潔柔所在的樓層，快步要往她的塔位去時，被一股力量拉了回來，我嚇了一跳，回頭一看，是周紹光，他對我比了噓，然後用眼神示意，叫我看向潔柔的塔位方向。

我轉頭緩緩看去，雖然很不想承認，但當小妍說有人看到唐妮從男廁出來，再加上我突然想起，昨晚她叫美櫻幫忙訂小雛菊，我幾乎百分之百就確定是她了。我看著她，全身氣到發抖。

她憑什麼拿潔柔最愛的小雛菊來看她？

我掙開周紹光的手，直接走向唐妮，她似乎發現有腳步聲，也正好轉頭的時候，我直接給她一巴掌，打到她臉上的墨鏡都飛了。

她先是震驚，但後來也豁出去了，「恭喜喔，被妳抓到了，妳更可以洗白了。」

「妳為什麼要這麼做？」我冷冷問她。

她只是深吸口氣，「做了就是做了，我站在這裡，至少表示我有愧疚不是嗎？我以前也是大家關心的焦點，但為什麼變成是妳？憑什麼是妳？我以前也是坐在磊哥旁邊的位置，結果他生日，連邀請名單裡面都沒有我！」

「那關潔柔什麼事？」

「當然不關她的事，她就比較倒楣，訊息剛好跳出來，我不爽就直接回她了，妳怎麼不怪妳自己輸入密碼的時候不小心一點，被我看到？我一傳出去就後悔了，可是她已讀了，我只能刪掉，誰曉得她會……我也是喝醉氣瘋了才會這樣。」唐妮說得雲淡風輕，全都是別人的錯。

我直接再給她一巴掌，唐妮氣憤的撫著臉頰看我。

「妳這叫有愧疚？妳是因為害怕才來這裡，不是因為覺得自己做錯事！妳不爽衝著我來啊，憑什麼亂傳訊息？憑什麼？」

我氣瘋的揪住唐妮頭髮，周紹光連忙拉住我，直接把我拉到他身後。唐妮頭髮凌亂，看到周紹光出現也嚇了一跳，心虛得不敢看他，周紹光開門見山的問唐妮，「那天的事，可以解釋是妳喝醉，但妳憑什麼再把訊息截圖傳出去？」

「連訊息也是妳截圖傳出去的？」

唐妮不說話。我衝過去，只想再賞她兩巴掌。周紹光拉住我，繼續問著唐妮，「我和邱星在這裡吵架的那一天，妳也在對不對？我一出去就被人撞到，那個人是妳吧？背包掉了，是妳幫我撿的，妳是那個時候拿走手機的對嗎？」

她不說話了，也不看我們。

一切真相大白。

我卻感到無比的痛心和難過，氣憤的朝著唐妮吼，「妳就沒有別的方式了嗎？只要妳態度對、只要妳有才華認真做，妳一樣有機會，有需要貪成這樣，連自己做錯的事，都還能拿出來陷害別人？」

她還是不說話，只是紅了眼眶，我們就這樣對峙著。

最後，她抹去正要掉下的眼淚，「隨便你們要怎樣，要開記者會把事實都說出來也可以，換妳上網公審我也可以，反正我就是做了。」她咬牙切齒的對我說了一句，「能重新被看到的感覺，妳根本不會懂！」

她說完直接離開。

我氣得要追出去，再次被周紹光攔住，我沒地方發洩，抓起唐妮放在潔柔面前的花，狠狠踩爛，激動到連自己都跌倒了。我看向潔柔的照片，流下眼淚，無論如何，潔柔都是因為我才受到這樣的傷害，即便她可能已經病了，但那一句訊息，還是重得讓她帶著傷心離開了。

周紹光從身後抱住我，「不要自責，妳不是說了，我們都不要自責嗎？」可是怎麼辦，我眼淚就是一直掉下來啊。

我不知道自己哭了多久，也不知道周紹光抱著我多久，一直到有其他人也來祭拜自己家人時，我才回神，看著還在輕拍我背、安撫我的周紹光，我更覺得抱歉，想開口道歉時，他卻好像知道我要講什麼一樣，搖搖頭，「走吧，過兩天，潔柔祭日，我們再一起來看她。」

我起身再看看潔柔，在心裡跟她說了一萬句對不起，轉身看見周紹光已經收拾好被我踩爛的那些花，還是忍不住再跟他說一聲，「對不起。」

「我原諒妳。」他看著我說。

我知道他說的原諒，並不單單指那些花。

我們一起離開，一直到他摩托車邊的時候，他拿出手機不知道在幹嘛，接著對我說：「剛剛的對話，我都錄音了，我把錄音檔傳給妳，妳可以自己決定要怎麼處理妳跟唐妮之間的問題，但我這邊，會把錄音刪掉。」

我訥訥的看著他，他開始向我解釋，「昨天晚上吃飯的時候，不是有講到做這件事的人可能會心虛嗎？我就想說來這裡問看看管理員，除了妳和林叔叔以外，還有誰也會來看潔柔，我才問到一半，遠遠就看到唐妮來了，我趕緊躲到一旁去。我本來也很生氣，但我看到她在潔柔面前流淚時，我也跟著放下了……」

他再說了一句，「因為我相信那是她道歉的眼淚。」我看著周紹光，心情錯綜複雜，他拍拍發愣的我，「照妳想做的去做就好了。」我聽著他的話，陷入思索。

接著我的手機一陣震動，將我的思緒拉回來，我拿起手機一看，是芷言傳來的語音訊息，我點開，內容是，「需要我過去接妳嗎？」

周紹光馬上說：「我送妳過去吧。」

我點點頭，坐上他的車，風吹著我，我開始回想自己、回想唐妮、回想著這一切，突然覺得想結束這一切，不想再被什麼絆住，我對潔柔的愧疚，我自己消化、補償，至於唐妮的，她自己去受，不必我再踢她一腳，那兩巴掌就當我討回來了。

在抵達維芯的餅乾店前，我也刪掉了那份錄音。

下車的時候，我摘下安全帽給周紹光，他正微笑看著我，我有點莫名，好奇問他，「你在笑什麼？」

「妳是不是也把錄音刪了？」

我差點沒嚇死，「你怎麼知道？」

他聳聳肩，「可能是我有點了解妳了。」

該死！他說這句話的時候，怎麼有點溫柔？

「妳幹嘛臉紅？」

我一凜，連忙說：「我哪有？是太熱了！」

「今天十三度。」他繼續吐嘈我，像是要把我逼到沒有退路一樣。

我只能拉下臉說：「謝謝你送我，但你可以先走了，晚一點出版社等。」

我話才剛說完，維芯、芷言跟夢舒都從店裡衝出來，直接抱住我，本來已經平復的心情，看到她們三個，我又激動得哭了出來，四個人抱在一起，還邊哭邊轉圈，今年哭的量，絕對超過我過去十年哭的總和。

當我們停下來，看著對方，什麼話都不用說，看著眼神就能明白對方此刻的心情時，我這才發現周紹光還站在那裡微笑，我嚇了一跳，連忙問他，「你怎麼還沒走？」

他也突然像回神一樣，「要走了！」

但她們三個卻同時大喊，「不要走，一起進來吃東西！」「小仙的朋友，也是我們的朋友！」「走吧！一起來！」

就這樣，周紹光像是被她們綁架一樣，跟著我一起進到店裡，我們從下午聊到晚上，再聊到深夜，完全沒有停下來，偶爾轉頭看去，周紹光還是一如既往的認真聽著我們聊天、微笑，一副也樂在其中的樣子。

是吧，生活，是該用來享受的啊。

夢舒已經醉了，但還是開心的舉杯說：「恭喜我們水仙，終於要出運了！」我們五人碰杯，在周紹光的堅持下，我喝的是果汁，一口飲盡。

我們一同期望著我們的四十時代。

半年後，唐妮自己跟磊哥解約，原因是她想休息，聽美櫻說她回家幫她爸賣蘿蔔糕，生意還可以，就這樣完全淡出。她透過美櫻，把潔柔的手機還給周紹光。

我跟江海偶爾有聯絡，他在跟女友分手後，忍不住問我，「我真的很摳嗎？」關於這個問題，我大人有大量的跟他聊了快一個小時，他才意識到，原來摳真的會是分手原因，他一直以為是我的藉口。

就這樣，我們莫名成了朋友，甚至，他也跟周紹光成了朋友。

這世界上到底有什麼不會發生的？沒有。

我賣掉了台中的大房子，逼我爸來台北跟我一起住，起先他還跟我絕食抗議，搞到住院，我為了回台中照顧他，出了個小車禍，最後變成周紹光一起照顧我爸跟我。

我爸可能是嚇到了，出院後就鼻子摸摸跟我上台北，畢竟我是他的終身飯票，我出事，他連住院的錢都沒有，但他沒有放過我，一到台北就開始抱怨東、抱怨西，只要他一鬧，我就扣他零用錢，最後他只能妥協，但看他現在還不是每天開開心心的去參加社區老人活動，還穿著他以前的訂製西服，成為老人界的玄彬！

我也成立了自己的工作室，美櫻來幫我，我很清楚自己喜歡的還是寫書、還是錄錄 Podcast 跟大家說說話，我把粉專跟ＩＧ的所有訊息功能關掉，杜絕任何我不想承受的東西，但我歡迎所有人寫信給我。

以前覺得工作完才能休息，現在規定自己必須有休息時間，也因此工作量少了一半以上，收入不比以前，但能有更多時間好好生活，我很滿足。

我一樣會接業配，但我所有業配的錢，都會用林伯伯的名字，全數捐出去給守護生命及自殺防治的一些公益團體，這是我能盡的一點心意。

然後，我把名改回了邱水仙。

周紹光說他更喜歡這個名字，但我要重申，我不是為了他改的，雖然維芯她們都一臉不信，更不相信我們真的沒有在一起。

但真的沒有。

我承認，我喜歡周紹光，我也知道，他對我有好感，但或許是經歷過那麼多事，我們都很小心翼翼的保護這一份對彼此的心意，我們都不急，倒是旁邊的人著急，當然，除了我爸。

他一直說，「畫畫有個屁用！」

可事實上，還挺有屁用的，我把通訊軟體的頭像照片改成周紹光的畫，結果跟我一樣有眼光的餐廳公關經理芷言馬上問這是什麼，我就只跟她說：「這周紹光畫的。」

剛好他們的連鎖餐廳想要做新的視覺設計，於是她就找周紹光合作，設計了新的LOGO，很受他們公司老闆喜歡，周紹光還負責他們所有要掛在店裡的畫，他現在可是大忙人，很難約時間。

就連現在約好要吃飯，他還不見人影。

我已經在餐廳等他半小時了，他一直傳訊息說他快到了，但我真的不想等了，我不爽起身，接著轉身要離開，他卻氣喘吁吁的衝進來站在我面前，我才剛想要罵他的時候，他突然說：「嫁給我。」

我錯愕，沒好氣的唸他，「今天不是愚人節。」

他沒理我，從口袋裡拿出一個戒盒，眼神真摯到不行的看著我，緩緩要跪下去的時候，我馬上拉住他，「拜託，人很多！」

他看了周遭一眼，見大家好像都看過來，乾脆把我拉出去，我完全不懂他這是什麼操作，一出去就劈頭罵他，「你到底在幹嘛？沒事幹嘛求婚？而且我們也沒在一起，你的進度是不是太過異於常人？起肖喔？還是喝醉？」

他搖搖頭，「都沒有！」

「那你在幹嘛？開我玩笑嗎？」

「不是！我只是想要結束我們目前的關係！」

我心一涼，「什麼意思？」

他深吸口氣，拉起我的手，「我喜歡妳，妳知道的吧？」我點頭，他繼續說：「妳也喜歡我，對嗎？」我也只能點點頭，無法隱瞞，「我們一直喜歡彼此，但因為珍惜對方，所以我們也都在克制自己，可是，要這樣到什麼時候？妳不想跨出這一步嗎？該不會我今天把事情攤開來，妳還是想要躲回朋友的名義裡？」

我怔怔的看著他，他繼續對我說：「我想了一個月，我覺得最好的方式就是，妳先嫁給我，戀愛，我們可以再慢慢談。」

我還是一臉莫名，「這什麼道理？」

他很有耐心的解釋，「如果戀愛的終點是結婚，那我們先抵達就不用害怕了，不是嗎？」他說這番話的樣子好認真好可愛。

但我提醒他，「結婚也是會離婚啊。」

「不要離就好了。」

「那我們在一起，不要分手就好了。」我笑笑的回答他。

他愣了一下，有些不敢置信的看著我，「所以妳是答應在一起了？」

我點點頭，忍不住笑了笑，「其實在我心裡，你一直就是我的伴侶了，不是情侶，是伴侶，是我覺得能一直陪伴我的人，你很重要，周紹光。」

他突然緊緊的抱住我，「既然是這樣，那我們就結婚了啊！」

我搖頭，他不能接受的放開我，「為什麼搖頭？」

我說，「我覺得要先試車。」

他愣了一下，接著牽起我的手，「那我們現在回家試車。」

「你說的喔？」他用力的點點頭回應我，我馬上攔下前方的計程車，迫不及待的拉著他一起上車。

我想，試車可以快，但和周紹光的戀愛，我想慢慢談……

【完】

・後記・

學著愛，在每個分分秒秒

從二十幾歲的故事，寫到四十歲的水仙。

我也跟著從二十幾歲，來到了四十歲，雖然很庸俗，但在每個故事裡，某種程度我像在寫自己，也像在寫別人；像在鼓勵自己，也希望能鼓勵任何人。十幾年前，我不曾想過，現在的自己會是什麼樣子，但看著現在的自己，我一點也不覺得失望，我想，這大概就是人生中最感到滿足的時刻。

畢竟，要活到不討厭自己，多難。

從《也不是不愛了》的芷言，到《因為愛，不必解釋》的維芯，或是現在的水仙，甚至於更前面的所有故事，都是在寫關於「愛」，因為愛實在太難了，無論是愛自己，還是去愛別人。

如何能愛得適當自在？如何愛得不走火入魔？每一個選擇都是考驗。

直到此時此刻，我還是覺得「愛」真是令人煩躁的東西，我們得一直去學、一直去適應，每個階段對於愛不同的解讀、對於愛不同的感受，及對於愛不同的需求，就好比以前熱愛驚喜，覺得有夠浪漫，現在卻只喜歡安靜跟平淡，拒絕生活裡的任何驚嚇。

友人說：「妳以前不是這樣的啊。」

但，現在就是這樣。

我不想和過去的自己比較，更不會去和別人比較，我努力的喜歡每個時刻的自己，因為每一秒、每一分鐘、每一小時、每一天、每一年活著的、感受的，都是屬於我自己的時間，人生裡所有的加加減減都是我自己的。

沒有人可以活得跟我一樣，我也不會活得跟別人一樣。

但我知道的是，無論是誰、無論幾歲，都還是要學著怎麼懂得去愛，愛自己、愛別人、愛身旁的一切事物，還有愛這個世界。

雪倫二〇二二年三月初

國家圖書館出版品預行編目資料

慢慢　慢慢愛 / 雪倫 著. -- 初版. -- 臺北市 : 商周出版，城邦文化事業股份有限公司出版；英屬蓋曼群島商家庭傳媒股份有限公司城邦分公司發行；民111.04
面：　公分. --（網路小說 ; 289）

ISBN 978-626-318-233-2（平裝）

863.57　　　　111003891

慢慢　慢慢愛

作　　者 / 雪倫
企畫選書 / 楊如玉
責任編輯 / 楊如玉

版　　權 / 黃淑敏、吳亭儀
行銷業務 / 周丹蘋、賴正祐
總 編 輯 / 楊如玉
總 經 理 / 彭之琬
事業群總經理 / 黃淑貞
發 行 人 / 何飛鵬
法律顧問 / 元禾法律事務所　王子文律師
出　　版 / 商周出版
城邦文化事業股份有限公司
臺北市中山區民生東路二段141號9樓
電話：(02) 2500-7008 傳眞：(02) 2500-7759
E-mail：bwp.service@cite.com.tw
發　　行 / 英屬蓋曼群島商家庭傳媒股份有限公司城邦分公司
臺北市中山區民生東路二段141號2樓
書虫客服服務專線：(02) 2500-7718・(02) 2500-7719
24小時傳眞服務：(02) 2500-1990・(02) 2500-1991
服務時間：週一至週五09:30-12:00・13:30-17:00
郵撥帳號：19863813　戶名：書虫股份有限公司
E-mail：service@readingclub.com.tw
歡迎光臨城邦讀書花園 網址：www.cite.com.tw
香港發行所 / 城邦（香港）出版集團有限公司
香港灣仔駱克道193號東超商業中心1樓
電話：(852) 2508-6231　傳眞：(852) 2578-9337
E-mail：hkcite@biznetvigator.com
馬新發行所 / 城邦（馬新）出版集團 Cité (M) Sdn. Bhd.
41, Jalan Radin Anum, Bandar Baru Sri Petaling,
57000 Kuala Lumpur, Malaysia
電話：(603) 9057-8822　傳眞：(603) 9057-6622
E-mail：cite@cite.com.my

封面設計 / 李東記
排　　版 / 新鑫電腦排版工作室
印　　刷 / 高典印刷有限公司
經 銷 商 / 聯合發行股份有限公司
電話：(02) 2917-8022　傳眞：(02) 2911-0053
地址：新北市231新店區寶橋路235巷6弄6號2樓

■2022年（民111）4月初版
定價 280 元

Printed in Taiwan
城邦讀書花園
www.cite.com.tw

ISBN　978-626-318-233-2